流淌的阿克苏河

刘亚博 陈红举 / 主编

陕西新华出版
太白文艺出版社·西安

图书在版编目（CIP）数据

流淌的阿克苏河 / 刘亚博，陈红举主编. -- 西安：太白文艺出版社，2024.1
ISBN 978-7-5513-2424-3

Ⅰ. ①流… Ⅱ. ①刘… ②陈… Ⅲ. ①诗集－中国－当代 Ⅳ. ①I227

中国国家版本馆CIP数据核字（2023）第243621号

流淌的阿克苏河
LIUTANG DE AKESU HE

主　　编	刘亚博　陈红举
责任编辑	蔡晶晶
策　　划	马泽平
封面设计	寻　觅
版式设计	张旭峰
出版发行	太白文艺出版社
经　　销	新华书店
印　　刷	玖龙（天津）印刷有限公司
开　　本	880mm×1230mm　1/32
字　　数	110千字
印　　张	9.5
版　　次	2024年1月第1版
印　　次	2024年1月第1次印刷
书　　号	ISBN 978-7-5513-2424-3
定　　价	52.00元

版权所有　翻印必究
如有印装质量问题，可寄出版社印制部调换
联系电话：029-81206800
出版社地址：西安市曲江新区登高路1388号（邮编：710061）
营销中心电话：029-87277748　029-87217872

目录

辑一 孔祥敬作品

过塔克拉玛干沙漠	003
会唱歌的馕	005
多浪河	006
听风的沙漠	008
三峰野骆驼	010
写给沙书的少女	011
"憋住了,憋住了!"	013
天基交响	014

辑二 张鲜明作品

走了一趟阿克苏(组诗)	019
齐兰古城的风	022
胡杨	024
塔里木河	026
寻托木尔峰不遇	031
佛塔上的黑鸟	033
荒凉	035
飞驰在独库公路上	037

辑三 张晓雪作品

从孤独出发再回到孤独	045
·沙雅胡杨林	045
·塔里木河	047
·一个人的独库公路	052
·巴音布鲁克草原	055
·克孜尔尕哈烽燧	057

辑四

萍子作品

西行	061
阿克苏	062
在阿克苏，看见雪白的棉花田	064
过库车	066
库车	067
龟兹乐舞	068
缘 ——谒昌吉灵香寺	069
骆驼	070
柯柯牙绿化工程	071
在温宿 ——夜宿天山托木尔峰脚下	072
守护者	073
历史的剪影	075
金色的面容	077
秋日胡杨	079
沙漠红柳	080
在沙漠边缘，不敢轻易洗澡	082
在喀什，向一峰骆驼忏悔	083
致新疆	084
赛里木湖	086
神光照耀草原	087
怀念新疆	088

辑五 青青作品

在阿克苏捡石头	093
天山	095
塔里木河	099
塔里木盆地	104
凿空	107
一个人的龟兹	111
玄奘西域记	116

辑六 陈根增作品

天之基	131
两头毛驴	133
八戒后裔	134
一群"凤凰"	135
神韵龟兹	136
林茂果丰乐天涯	137
沁园春·塔村	138
翻山越岭觅小诗	139
克孜尔尕哈烽燧	140
寻找感觉	142

辑七 海盈作品

走进阿克苏（组诗）	147
阿克苏的河南力量	149
苏巴什佛寺	151
克孜尔尕哈烽燧	152
感受龟兹乐舞	153
柯柯牙纪念馆	155
齐兰古城	157

结亲，在五棵胡杨村	**159**
写给天基陈红举先生	**162**
沙雅，月亮的故乡	**164**
巴音布鲁克草原	**166**
阿克苏博物馆	**167**

辑八　邓万鹏作品

进入大漠	**171**
阅读大漠	**173**
想象大漠	**175**
起舞大漠	**179**
沉迷大漠	**181**
启浪路上	**184**
大湾沟	**186**
布拉克小村遗址	**189**
柯柯牙果园	**192**
塔　村	**194**
沙　雅	**196**

辑九　塔里木作品

在黄河边上	**201**
中原	**203**
灵魂之书 ——致老子	**205**
闪电之诗	**206**
奔波的词语 ——致杜甫	**207**
大　地	**208**
记忆的时空	**209**

濮阳之夜	211
鹤 壁	212
灵魂之地	213
梦回千年	215

辑十　刘亚博作品

时光	219
冬天的炉火	220
灵魂之上	224
红石榴	226
眷恋	228
老人与狗	229
霓裳长歌	230
愿 望	232
过客	234
闪光的灯塔	237
时光的影子	238
可可托海的海	240
致阿克苏	242
三有 　——致伟哥	245
花 田	249

辑十一　田万里作品

阿克苏、天山、峡谷、塔村、儿子及其他

253

辑一

孔祥敬作品

孔祥敬，1954年5月生，河南省邓州市人，郑州大学中文系毕业。中国作家协会会员、编审，河南省诗歌学会名誉会长。1981年开始发表作品，著有《当代河南将领传》《找党》《寻梦》《追梦》《灵魂鸟》《汉风楚韵》等。荣获河南省"五个一工程"图书奖、河南省文学艺术优秀成果奖、河南省优秀图书一等奖、河南省电视文艺"牡丹奖"一等奖、河南省人民政府实用科学一等奖、中原诗歌突出贡献奖等。

过塔克拉玛干沙漠

沙包，沙包，大小沙包
宛如风的遗嘱
写给红柳
沙砾冒着灰白的喘息
柔软又狂野
胡杨擦亮大漠
烛光泛黄
泪花流不尽
眼神吹不灭
G580昼夜旋转着
车轮碾碎驼铃，飘入荒原
塔里木河产下阿热勒：
肉苁蓉、巴楚菇、大盘鸡、大杂烩拌面
外加一碗汤饭
加油、喝茶、聊天
驿站喧哗——
翻阅艾特略
读高适岑参的边塞

孤烟呼吸落日

飞雁惊叹空寂

曾相识？曾相似？

曾相忆？

何处相忆，又何处相逢？

沙海上的黑梭飞镖

穿透库车、沙雅、阿拉尔、红白山，过塔瓦库勒

融入和田之夜

会唱歌的馕

秋色
蒸腾起冒汗的阿克苏
黑芝麻扑向麦子的柔软
炭火灼烤，空气炸裂
唇醇齿香的味蕾
看见打馕的手
伸进，盐土与水融合的凹坑
炼丹炉一样，魔术般抓起
一轮金黄的圆
抛向天空，飞翔的声音
带着烤熟的空气
追赶盗贼一样饥饿的岁月
这是《大唐西域记》里珍藏的馕
那个叫斯坦因的人
啃着馕
骑在席卷文物的驼背上
我把这馕揣怀里
听它唱塔克拉玛干沙漠……

多浪河

那晚睡在你的身旁
夜的黑耳朵
想听听你枕上的梦呓
按不住心跳
娓娓道来两岸的灯语
小船驶入芦苇荡
忘了归去,忘了归去……
清晨的黄眼睛
想看看你醒来的模样
拦不住视线
徐徐拉开江南的印象
昨夜走失的小船
从桥下荡入揉碎的波光
钓叟不经意
几只野鸭或鸳鸯
扑棱扑棱翅膀
一起扑向你害羞的胸膛
天山鼓胀的乳峰

日日夜夜
喂养着阿克苏的繁忙

听风的沙漠

在塔克拉玛干沙漠
打开耳朵,听风
带沙的风
从红柳发梢掠过
沿罗布麻、甘草、芦苇的细腰吹来
她,把手机贴紧胡杨枝杈
一边听,一边录音
抓住风的喉咙
"甘涩,酸咸,带点烤馕的甘醇!"
她舌尖上的沙,发出
盐碱与气候结晶的滋味儿
"呼呼,呼呼——"
刮,刮刮,刮……
一股气息,木头与木头燃烧的篝火呀!
一种旋律,胡笳、琵琶、羌笛
龟兹乐舞旋转的节拍呀
她惊讶,再仔细听
似水,流沙河
如雷,天捶旷鼓?

几根梭梭草的琴弦,抚摸
远去的部落、城堡、宫殿与商贾、僧侣的喧哗
葡萄酒杯碰响了刀光剑影
风沙并不混沌
大漠博闻强记
把诗写入马蹄、战袍、盔甲
你在咏唱"地出流沙外,天长甲子西……"
我在低吟"汉月垂乡泪,胡沙费马蹄……"
他在叹息"平沙万里余,飞鸟宿何处……"

带沙的风
听进去出不来的野性
撒欢,放浪,翻滚,发疯
缠绕繁衍塔里木河盆地
她把风带在身上
走到哪里
哪里就能听见
塔克拉玛干沙漠

三峰野骆驼

"野骆驼,野骆驼!"
三峰,三峰!
吃草,饮水,漫步
看见穿黄大衣的来客
有点惊喜:
一峰抬头,一峰摇尾
一峰目光发怵
她走近了,走近了——
驼峰隆起
又迅速扭身扬蹄……
她追了上去
追了上去
从此,大漠多了一只
雪山飞狐

写给沙书的少女

车胎爆炸
粉碎塔克拉玛干沙漠
霎时,静了下来
只有风吹过死亡之海
她,打破这寂寞
如"金贝王国"的公主
挥一挥手中的帽子
(尽管帽子曾被风吹到了谷底)
向骆驼草、风滚刺、老胡杨招呼:
"我来了——"
风
吹开了她的衣扣
沙
眯住了她的眼睛
揉了揉眼的她,捡起一根胡杨枝
开始沙书:
"平银,平银……"
每天数不完的银子

如这沙砾

一遍又一遍被风覆盖,流走

大漠,心海,浪卷千堆雪

她伸直腰杆大声呼喊:

"再见,我的平银!

再见,我的

塔克拉玛干沙漠!"

"憋住了,憋住了!"

晨曦的胡杨林

咔嚓一声

抓拍一个精气神!

"头朝右倾,胸部向左挺,腿往右方扭!"

"头朝左倾,胸部向右挺,腿往左方扭!"

"好,好!憋住了,憋住了!"

咔嚓,咔嚓……

光影的姿势:

这S形曲线

风流过塔克拉玛干沙漠

那三道弯形体

奔跑的塔里木河浪花

天基交响

春雷
滚过阿克苏的头顶
四处张望的你,不小心,踩住了开发的马蹄飞扬的身影
风的手,刚一抬
琵琶弦弦催征急
胡笳拍拍赶路程
音入云塔冷
韵击高炉热
烈火千度浪万重
号角百里连营
这连绵的响声,伴随
大漠孤烟带走的戍边晨风
塔克拉玛干起伏的沙鸣
遁入塔里木河夜晚行走的繁星
这不同凡响的声音
远自雪域边跑边吆喝的牧犬马鞭
近自大漠边走边摇尾相互碰撞的驼铃
高自苍穹那或扶摇或俯冲或亮翅的雄鹰
这里没有狭窄和隐喻

只有空旷坦荡与秘境神灵

（你说你喜欢这响声
没有这声响睡不着
没有这声音
就没有梦……）

穿越
克孜尔尕哈烽燧
托木尔峰变幻的时光
见证了你与天基人忍渴风餐踏石的脚印
多浪河流淌的月色
记录下你与天基人对酒当歌思乡的泪痕
你记得
那年，风吹石滚千丈
滚不动男儿足底扎下的情根
那天，地寒冰冻百尺
冻不死女人胸膛里跳动的爱心
乡愁万里衣带水

子夜忆中原
老母想儿泪沾巾
妻子思夫不安枕
岁岁熬煎
白了两鬓瘦了双眼

谁承想，年复一年
这些从大禹故土走出来的河洛郎
肩并肩站成了高大的胡杨林
谁曾知，月复一月
这些从颍河畔走出来的浣纱女
手挽手长成了妩媚的红柳丛
清晨
一棵棵醒来的胡杨
在静静地聆听天基人高奏的交响曲
傍晚
一丛丛不眠的红柳
在悄悄地瞩目天基人点燃的天山辉煌

辑二

张鲜明作品

张鲜明,男,1962年生。河南省作家协会副主席、河南省诗歌学会会长。

走了一趟阿克苏（组诗）

那时候，你是神兽

你是乘着塔里木河而来的
你背来一座雪山

我们是见过面的——
在梦里
那时候，你是神兽
你从石头里栩栩如生地拱出来
对我说：
"磨穿粗糙而坚硬的痛苦，
剩下的，
是晶莹剔透的快乐。"

作为一块石头
此刻，你在我的手心中
重复着
你说过的那句话

在蜥蜴的眼里

在蜥蜴的眼里
戈壁滩
是一座博物馆

蜥蜴对此是满意的
它总是像衣食无忧的中产阶级那样
从骆驼草、沙棘和红柳的公园里
一扭一扭地
走出来
从这块石头到那块石头
就像从这个展厅到那个展厅
将那些神秘的造型、图案和天书
细细品鉴
然后
在石头与石头之间的细沙上
写下一行一行
龙飞凤舞的

读后感

如果有一天
当你来到阿克苏的戈壁滩
正好遇见一只蜥蜴
抬着头
激情洋溢地来到你面前
你一定要躬下身
跟着它
慢慢参观
它会像称职的导游那样
对你说——
每一粒砾石都是一颗星球
时间是凝固的
而奔向天边的戈壁滩
却是正在爆炸的
宇宙

齐兰古城的风

都走了——
那些曾经往来于此的
旅人、商贾、车马、士兵
还有街道
房顶
和河水一样流淌的光阴

只有
风
像留守老人那样
还在齐兰古城里住着
每天
它都会在棋盘格似的街道上
转来
转去
从这间马厩到那间马厩
从这个门洞到那个门洞
一个上午

把整个古城
细细地
摸上
一千遍

在这个七月的午后
风
远远看见我和几个游人的身影
就立马长出翅膀
热辣辣地
迎面
飞来
它大概是想跟我们说点什么
却突然不知所措起来
捂着脸
团团打转
哗啦啦的沙尘
是它飞旋的衣衫

胡杨

一身尘土般邋遢的衣裳
爪子似的嘴巴
刨食
每一滴营养
胡杨啊
你空碗似的肚子里
盛着
饿
可你
苦撑着
坚决不肯倒下
你把命
搓成破棉絮似的种子
这是你的孩子
你对他们说:
世间的道理千万条
归根到底只有一个字:
活!

在阿克苏

面对胡杨树

我想起了自己的母亲

塔里木河

在了解了塔里木河的身世之后
再给她画像
画出来的
只能是一位疲惫而瘦弱的
娘

这是她的命运
那个以她的名字命名的盆地
是一张嗷嗷待哺的嘴巴
在远处
饥肠辘辘地
等着她

她的家境很好
天山
和喀喇昆仑山
为她备下雪白的馒头
她吃得饱饱的

她的奶水
憋得足足的

可是
沿途缺奶的孩子太多
她只好一次一次停下来
喂一喂这个
喂一喂那个

她越来越瘦
脚步跄跄
等到排在最后的那张饥渴的嘴巴
终于叼住她的奶头
她
喘息着
一屁股坐在地上
无奈地望天
而天

也在羞愧地看着她
这一幕
唤起了我的记忆
我的画笔
抖着
不知道该怎样落下

在巴音布鲁克的一场对话：

小朋友，你叫什么名字？
——巴生才仁。我给你写：巴、生、才、仁。

今年多大了？
——十二。

这马，是你家的？
——是的。

骑一次多少钱?
——五十。

这地方,多美啊!
——哦。

远处那座雪山叫什么?
——忘了。我爸知道。

这草原呢?
——忘了。我爸知道。

这个地方叫什么?
——忘了。我爸知道。

你爸呢?
——他在放马。

啊,你看这块石头,上头有一匹马。
——你带回去吧。

小朋友,再见!
——哦,我想起来了。我爸说:我们的家叫巴音布鲁克。

寻托木尔峰不遇

已经到了塔村
已经见到塔特勒克苏河
还是望不见托木尔峰
它躲在
冰川背后的云中

不过
这一趟也算没有白来
托木尔峰
早就派群山和草原
沿途迎候
老鹳草、蒲公英,还有数不清的
各色各样的野花草
打着花伞,穿着绿裙
从云彩之上
一溜烟
跑下山坡,跳过沟坎
带着风

举着略带苦味的草香和花香
羞涩地
表达欢迎

蜜蜂
倒是大胆多了
它像导游姑娘那样
从某朵花上突然跳起来
仿佛是把那朵花
猛地
塞到我的怀中
然后用迷人的嘤嘤之声说：
托木尔峰说了
你可以在塔村住下来
等待与她见面的时辰
今晚，你的头顶
会落满星星

佛塔上的黑鸟

这是七月的午后
夕阳
牵着苏巴什佛寺遗址上的风
把我的身影
拽得
像飘忽不定的幽灵
突然
一只硕大的黑鸟
把我的目光
引向
西寺中部佛塔的塔顶

塔顶上的黑鸟
像瓜皮帽上的一粒扣子
又像是一只来回闪动的眼睛
我们相望了一会儿
它
倏然朝着天山的方向

飞去
而原地不动的佛塔
像一个空脑壳
张大空空荡荡的嘴巴

远去的鸟影啊
可是佛塔
突然说出的
一句话？

荒凉

我来找你
我想采访你
我想跟你座谈

西域啊
你用亿万年的沉默与我交谈
你用百万平方公里的戈壁与我交谈
你用绵延上千公里的山峦与我交谈
你用跌坐于地的废墟与我交谈
你用幽灵般的旋风与我交谈
你用被沙漠吸干的河流与我交谈

我发现
其实是你在采访我
你挖出了我深藏于心的话

西域啊
我用一声不吭来回答你

我用大半生的回忆来回答你
我用揉进眼里的无数沙子来回答你
我用曾经沧海的声声叹息来回答你
我用洞悉人性的眼神来回答你
我用进进出出的耳旁风来回答你

没想到
咱们的谈话内容整理出来
竟然只有两个字——
荒凉

飞驰在独库公路上

飞驰在独库公路上
我突然觉得
在天山之中飞旋的
不是我
而是我的一个想法

从前,我总是悲观地认为
成仙
是不可能的
按照古人的方法去修炼
那个过程
过于漫长而烦琐
况且
最终的结果
谁也没有把握

现在,有了独库公路
成仙

就成了一件很简单的事情——

从独山子大峡谷出发

经那拉提

至巴音布鲁克草原

过大龙池、小龙池

然后到天山神秘大峡谷

最后到库车

当然，这条线路

反过来

效果也是一样的——

沿途

一座座高山

和雪峰

像一群庄严的罗汉

正昂首挺立

在为你进行加持

一条条河流

和湖泊

像一群圣女

在低声吟诵

绵延不绝的经文

而独山子大峡谷和天山神秘大峡谷

是为你备下的

精舍

和禅修洞

其实,这条修炼之路

没有痛苦

也不寂寞和孤独

蓝天

搭起天堂般的穹庐

白云

扯起哈达似的帷幕

青草

像滔滔不绝的善念

流遍每一面山坡

森林

像绵延无尽的启示

覆盖每一座山头

金雕和苍鹰

带来天空的旨意

天鹅和白鹭

传达湿地的问候

雪豹

在天界台上闪现

传递雪山神秘的消息

盘羊

在天牧台上行走

丈量草甸生生不息的高度

漫山的牛群和满河谷的羊群

与蒙古包上袅然飘升的炊烟

共同讲述

人间的温暖

和富足

一路走下来

咱不知不觉地就成仙啦

这时候,我情不自禁地猛然回头

对独库公路说:

天山真好

仙界

就在此处

辑三

张晓雪作品

张晓雪,当代诗人,中国作家协会会员。现任河南省作家协会副主席,河南省诗歌学会副会长,《莽原》杂志执行主编。著有诗集四部、评论集一部,获奖数次。曾在《人民文学》《十月》《钟山》《花城》等杂志发表诗歌、随笔、评论数百首(篇)。

从孤独出发再回到孤独
——西域夏什

沙雅胡杨林

一

时间苦练什么它就是什么。
像思想留在沙漠上,
不知命为何物。

风吹裂多少疤痕,它就有多少
结痂和愈合,苦厄如美誉,
一座站立在大地上的课堂,
摇动教导性的灿烂,
旁若无人地给时代减负。

二

虬枝如骨,是怎样一个堆积?
是想怎么长就怎么长。

长叶迎风,沙漠顷刻就动了起来。
圆叶一片,安慰着另一片。

绿叶从孤独出发再回到孤独。
是的,黄叶是来生,一大片
埋葬了另一大片。

浩瀚的印象派,像画中风暴,
万千波幅已被神确认。

塔里木河

一

她分担了雪山。
玉波烟缕流出的冷,蚀骨。
净,蚀人。

她分担了胡杨、红柳和戈壁滩……
等同于一条河在教诲磨难
成为伟大的景深。

以至于塔里木河
渲染数千里行色时,
频繁地使用"赴死"和"剔透"。

二

赴死并不是与谁论战

是无所顾忌地独唱,

并将全部唱赞的词汇
交给枣树、沙棘……

交给捕鱼的吾斯曼
和古丽阿依飘动的红头巾。

三

大大小小的河流
都往大海奔腾去了。
安静和羞涩留在了月亮湾。

那一刻,我看见塔里木河
让自己倦了一点,累了一点,
或者纯粹失踪和遗忘。

不要怪它如此平庸,

那英雄的浓墨，只征服沙漠。

但对天鹅、苹果树和葡萄……
却像诗一样服软。

四

桑皮纸上没有说清的，
塔里木河都说清了。

佛陀真主耶稣，和被浇灌的棉花
都构成了她的身世。

有的深刻，有的慰藉。
有的，继续——
梭梭和牧草还是那么多呵。

河水悠荡的心，犹如落花涌来。
河水，再大一点。

五

胡杨还是种子时，只能爱，
只能被塔里木河爱，供养到树木伟岸。

荫影向大地引伸着把握世界，
且足够倔强、异样，领悟曲直。

六

马鹿还是胎儿时，近处是河，
远处是花。喝着喝着，

小兽会疾走转身了。流着流着，
塔里木河想什么，就有了什么。

七

她有石榴、安迪尔瓜……

吆喝着远去了，此时她像心灵的长者，

但她不说。龟兹乐舞、仪姿
亦是她飘流的调式、塑过的形，

以致于风情散成了浪花，
少女的手腕游亮，漾白，
从滔滔，逶迤至平静。

八

但她从不说，她岸上还有美玉，
河中有泪水——

独自啜饮的人，
丢弃了一路艰辛，在此哭过。

一个人的独库公路

此去一别,我有多种心死。

一种是嗟叹深渊消失,生沟壑,
沟壑旷废已久。

就像海枯无应答,留于岩石上的细节
冲破了无数不变的心。

使一切伤害,一切平淡,
嬗变为那些石头上掀起的灰尘

——无可考。随他去,随着去,
照着丹霞、雅丹地貌寂寂度日。

另一种是太阳热了,月亮凉了,
草原剔透如洗,四季苍穹,

无所事事地安静。

女儿,你如何才能让世事,
像眼前的世界一样慢半步?
那半步是一曲风吹草低

蠕动依依不舍的牛羊。年长的靠近天堂,
年幼的,风轻轻托着。从不曾有人世

需要它们牵挂。
无数停滞的瞬间,当春天

将天空升高两尺时,汉字却山穷水尽,
它们已无力举起无边际的云朵、蓝天

和人生结局。
也无力放下

那个在天山云际盘旋的我，多云的心。
无数疾驶的瞬间，那个内心有很多话，
却选择了沉默的我，
多像独库公路整理出来的一个
孤本。

巴音布鲁克草原

无数疾驶的瞬间，那个内心有很多话，
却选择了沉默的我，

多像独库公路整理出来的一个
孤本。

巴音布鲁克草原

如同从人世，走向来世，
四季交替着捡拾并氤氲我。

出门在外的人，往往容易醉酒，
许多人已经醉了，
但却无法与草原之醉雷同。

醉世之人赋予希望，以抽象，
他们是祈祷的人、单纯的人，

心怀伤感者噙着热泪，
接受蓝天无偿的普照，
接受雪山表达消失。

因被落日云影的庞大踩踏
而深醉，醉至时光倒流。

一瞬间，无明的侥幸、
情感用力的地方，都留得下，
看得见——

那闭目旋转的红裙子暗喻你
已去掉了焦灼和悲欣。

克孜尔尕哈烽燧

十六米高的土堆上
有涣散的哀荣。
适合静静地感受
虚无的火光、杂木
和烟尘。与虚无为敌。

不哭不祭的壮烈
已经看不到了。
被风吹去的恨,
也参与了史诗。

铁铸的肉体和铁骑,
是用来沉默的,
亡命徒亦埋得很深,
很深。

时光与旧事远远地
疏离着。土台静寞
将自己归于老迈的色调,
修改掉了不安的本源。

此刻,一切深刻性
皆归于那独独的站立,
接近训言、终极认识——
自它之后,必有草芥凶猛,
鞭子缓慢。

必有足痕、旧伤绵绵不绝,
却被风沙一抹而平。

必有仇人蜕祛了恶。
"征服",时过境迁,
如果"征服"是一个贬义词。

辑四

———— 萍子作品 ————

萍子，本名张爱萍，中国作家协会会员，河南省诗歌学会副会长、秘书长，河南省直文联副主席，河南省文学院专业作家，河南大学中国少林文化研究院高级研究员。1982年开始文学创作并发表作品，出版《纯净的火焰》《萍子观水》《此时花开》《我的二十四节气》《萍子诗歌100首》《中原颂——萍子朗诵诗集》《岁月花语》《大地之华》等诗集、散文集多部。系河南省宣传文化系统"四个一批人才"。曾获河南省文学艺术优秀成果奖、河南省五四文艺奖金奖、中原诗歌突出贡献奖等。

西行

西行
渐行渐远

土,越来越厚
山,越来越高
绿,越来越凝重
直至
浓缩为河西
那一脉长廊

风雨无阻的
走廊
带我回到
西域故乡

阿克苏

阿克苏是白色的
白色的阿克苏
在塔里木河的沙滩上闪着银光
在阿克苏河的清波上漾着细浪
在百千条天山冰川间昭示生命之源
在托木尔峰七千多米的高度闪耀神光
在苹果花、梨花的春天摇曳起舞
在塔克拉玛干沙漠的夏天恣肆流淌
在秋日的棉田铺展无边无际洁白的温暖
在戈壁雪原在千年胡杨林白描西域的雄奇苍茫
我爱阿克苏的白
以及她纯洁底色上缤纷的色彩
爱每一位母亲的微笑、每一位父亲的慈祥
每一位孩童天真的眼神、天使的面庞

阿克苏是甜蜜的
甜蜜的阿克苏
带着苹果的甜、梨子的甜

红枣的甜、白杏的甜

葡萄的甜、鲜核桃的甜

馕饼的甜、稻米的甜

天山雪水的甜、沙漠绿洲的甜

带着各种瓜果美味的甜

在我的怀想中回甘

在我的梦境中流连

如果有人对我说出甜蜜的话

我理解为：阿克苏人的心

比棉花还要柔软，比蜜糖还要甜

在阿克苏,看见雪白的棉花田

冬天到来之前
棉花为大地披上厚实的绒毯
一张一张又一张
一层一层又一层
像母亲在夜里
为孩子一次次掖好被子
从来不知疲倦
田里摘花的人
个个都像我的母亲
我的眼泪无法擦干

在阿克苏
看见辽阔的棉花田
我后悔没带母亲来过这里
她是那么热爱土地和庄稼
看电视上别人在新疆摘棉
她曾经羡慕地说
我也可以去摘花

母亲,此刻您一定看见了
新疆的棉花田,望不到边的
喜人的棉花田

过库车

还没有看仔细你
就要作别
萦回千年的梦
漫漶不清

唐时的雨
和那一杯浊酒
仍在反复吟唱
任凭我说什么
也不及故人之情

库 车

是王维的安西
是高适的安西
是杜甫的安西
是岑参的安西
是唐时的安西

那一匹铁骢
如沙漠旋风
扑面而来
定睛相认
只握得万里飞蓬

龟兹乐舞

我童年的柳笛早已经丢失
仿佛你留在唐诗中的觱篥
以竹为管,以芦为首
曾让多少游子垂泪
曾令多少闻者叹息

"管弦伎乐,特善诸国"
你是得玄奘大师高度评价的乐曲
箜篌、琵琶、铜钹、手鼓
克孜尔石窟天宫伎乐图
再现你灵动张扬的旋律

在阿克苏吃一顿饭的工夫
塔里木大哥弹起热瓦普
古丽夏妹妹跳起赛乃姆舞
我们热烈地谈起阿曼尼莎汗
那位杰出的维吾尔族女诗人
和她搜集整理的《十二木卡姆》

缘
——谒昌吉灵香寺

通往尘世的道路突然关闭
回头,白雪指引新的方向
与昨夜的心思恰相重合

三公里,喜悦的叠加
一公里,神奇的确认
我们开始飞奔
飞奔,呼吸迅速被刷新
月亮正缓缓打开
紧闭的大门

你一定是听到了我们的呼喊
在此之前,迷惘的浪子
冥冥感知到菩萨的召唤
我们奔跑,不停地奔跑
终于扑倒在你的面前
泪流满面,痛哭失声
日月清明,云开雾散
天地一时间归于圆满

骆驼

你是沙漠的知音
当你款步而过
沙漠变得温柔平阔

你是旅人的导引
有你陪伴
瀚海不再那么险恶

你遥远的铃音
穿过苍茫时空
依然直抵我的心窝

柯柯牙绿化工程

柯柯牙
一个绿色的奇迹

三十多年，阿克苏军民
同心协力，改土植绿
把风沙肆虐的荒原
变成一抹抹绿
变成一片片绿
变成百万亩林海良田

初冬时节，我慕名而来
一眼望不到边的苹果园里
树上依然挂着流蜜的红苹果
我不由得凑近她如花的笑靥
听她讲述那艰难苦涩的过去
几代人不懈播种绿色的故事

在温宿
——夜宿天山托木尔峰脚下

仰望,繁星
如供奉的灯盏
托木尔峰
趺坐圣洁的白莲

小木屋欢喜地
做着匍匐的功课
有的脚踏积雪
有的额接山岩

天亮之前
我要为你诵一部经
那位西行求法的高僧
万里跋涉带回的经卷

守护者

> 克孜尔尕哈千佛洞文物看护员热合曼·阿木提，近三十年如一日坚守荒漠守护千年石窟，曾获国家颁发的"薪火相传——中国文化遗产保护杰出人物"奖。
>
> ——题记

或许是前世缘分太深
在这杳无人烟的荒原
你一住就是二十九年
从二十岁青春年少
到年近半百鬓霜染

一个人
一盏煤油灯
一摞馕
一棵小榆树
一口没打出来水的枯井
一条很少有人走进来的路
一座沉默千年的石窟
偶或，一只和你一样
孤独寂寞的壁虎

明晃晃的太阳每天看你
如何里里外外巡视三遍
却勒塔格山脉的劲风
随时来打磨你的肌肤
暴雨常常来得凶猛
你得与它比拼智慧和勇气
父亲和弟弟每周赶着毛驴车
从十几公里外送来水和食物
偶尔到来的研究者和游客
总能给你带来回味许久的幸福

你不后悔，不抱怨
一个人执着地
把神秘的龟兹艺术守护
直到那位教书的姑娘
决意嫁给你，留下来
古老的石窟前
终又响起快乐的歌舞

历史的剪影

> 克孜尔尕哈烽燧建于汉代,是目前古丝绸之路北道上时代最早、保存最完好的烽燧。库车民间传说中,它是古代一位国王为女儿建造的高塔。
>
> ——题记

一座堪称奇迹的高塔
未能更改公主的宿命
一座矗立荒漠的烽燧
可曾改变过历史吗?
我所知道的是
它的体量每年都在缩小
而它脚下的盐水沟
一定是比汉唐时宽大

这种宽阔足以让我期待
能够跟随虔诚的求道者
做一次不定归期的行脚
而这往昔热闹的商旅之路
已有多久不见人的踪迹
百年或者更长?无人回答

两千年了
烽燧依然雄伟挺拔
历史的剪影，兀自
衬托台地的流云飞霞
谁曾在夜里点起烽火
谁曾在白天燃起狼烟
又有谁，伫立望楼
翘首来处，把栏杆拍遍

当我把目光投向遥远
浩荡的风啊——
携一场豪雨在心空泼洒

金色的面容

  苏巴什佛寺遗址又称昭怙厘大寺、雀离大寺，古代新疆著名佛寺。鸠摩罗什大师、玄奘大师曾在此讲经说法。

——题记

我匍匐在地
倾听时光的回声
晨钟轰鸣
激荡在库车河西东

我经行古道
默默把金经念诵
一切有为法
如梦幻泡影

我伫立塔前
至诚把《心经》供奉
吾亦自洛阳而来
深信五蕴皆空

我趺坐禅窟

闻暮鼓奔涌
壁画和龟兹文鲜活起来
殿堂与僧房恢复了生命

雀离大寺，昭怙厘大寺，苏巴什佛寺
我曾无数次称念你的芳名
两千年何其漫长又何其短暂
庆幸啊，我又睹见你金色的面容！

秋日胡杨

为什么要这样热烈地告别?
很快,你金黄的叶子就要凋谢
除了风沙、冰雪、酷寒
还能见到什么?你无处躲藏
没有人再来拜访你、赞美你
争先恐后与你合影
英雄的胡杨树啊
终将被人遗忘

为什么要如此灿烂地绽放?
你秋日的容颜比春花更辉煌
托克拉克——最美的树
你说:只是为了感恩大地
感恩雨水、河流、阳光
如果这样能让你欢喜
我愿意一千次回到这里
一千次为塔克拉玛干披上盛装

沙漠红柳

>　　红柳，学名柽柳，又名观音柳，是我国西部戈壁沙漠里较为常见的植物之一。
>
>　　　　　　　　　　　　——题记

"菩萨柳头甘露水，
能令一滴遍十方"
在浩瀚无垠的沙漠
蓦然看到灿若云霞的红柳
不由得感叹：诚哉斯言

红柳
以粉红的花朵为苍茫梳妆
以鲜绿的叶子为荒凉还魂
以柔韧的枝条与狂风讲和
以顽强的根系为流沙定心

噢，岁月的风霜多么尖利
我已啃不动秋天的苹果
时光的寒意如此彻骨
我已不敢涉足三月的河水

而你,百岁的你
一年开三次花
结无数果
不用问这是为什么
唯有慈悲
唯有坚忍
唯有一颗菩萨的心

在沙漠边缘,不敢轻易洗澡

比起千年不死的胡杨

人类的生命太过短促

比起顽强的柽柳、骆驼刺

人类的生命太过娇弱

比起骆驼、牛、羊

人们付出得太少

比起河流、泉水

人们索取得太多

在塔克拉玛干沙漠边缘

我深感惭愧

人是多么自私卑劣

我不敢轻易洗澡

怕浪费宝贵的水

也怕荒漠承担不了我的罪恶

在喀什,向一峰骆驼忏悔

一群人在啃你的蹄子
就着酒和喧嚣的烟尘
我想跪下来向你忏悔
找不到一片干净的沙子
闪烁的霓虹
勾勒炫目的蜃楼海市
沙漠在人心深处
我不能抵达你
唯有站在一堆骨头旁
向你久久低头合十

致新疆

一

想念你的时候
我用馕、香梨
苹果和葡萄干
充饥

你总是那样
凝视着我
带着雪山
和蜜的表情

二

离开的时候
不说告别
所以
从来不曾离开

阿克苏
我只是出趟远门
乌鲁木齐
我去去就回来

三

如果说我
就有着一个你

如果说你
就有着一个我

不说你我
就避免了内心的纷争

赛里木湖

午后来到赛里木湖畔
湖水灰白 温柔
偶尔泛出一抹深蓝
像迟暮老人微笑的眼

在湖边濯足
垂首 看见水中的天
倏然抬头 望云
扶住内心的慌乱

清晨离开的时候
湖面蒙着一层轻纱
西天净海
婴儿般 一尘不染

神光照耀草原

云帷高挂
遮一片清爽凉荫
开满鲜花的草原
芳草萋萋 溪流潺潺

一束光
从云间倾泻而下
巨大的光幕
照耀那拉提草原

我屏息伫立
看天地之大美
在空中花园上演
想要奔跑欢呼
却入定般
哑口无言

怀念新疆

刚刚离开
便开始怀念
仿佛天山南北是我的故园
何尝不是这样
在这片亲切的土地上
我的身心是那样舒展

我是你戈壁的红柳
高山的雪莲
沙漠的绿洲
草原的清泉
我是你茂密的森林
深邃的湖泊
奔腾的河流
洁白的冰川

我青春的梦想
曾离你那样近

在人生的第一个十字路口
库尔勒 毫无保留地接纳我
给我远行的勇气和终生的温暖
巴音郭楞 博斯腾 孔雀河
美妙的音节如同甘露
至今仍滋润着我的心田

再见 亲爱的朋友
再见 美丽的天山
我会回来
回到魂牵梦萦的家园

辑五

青青作品

青青,原名王小萍(王晓平),中国作家协会会员,河南省诗歌学会副会长,河南日报三门峡分社社长。她著有《白露为霜——一个人的二十四节气》《落红记——萧红的青春往事》《访寺记》《空谷足音》《在一切潮流之外——张爱玲传》《王屋山居手记》等书。曾获孙犁散文奖、杜甫文学奖等多项文学大奖。

在阿克苏捡石头

你是白的吗
看到你扇着翅膀从远方匆匆而来
天山的雪魂
一缕一缕终成宽阔的水流
不,不是水流
是生命展开漫长的历程
怀抱着石块
如同一个个挫折与噩运
耐心磨尽了,最终各自圆润
散在岸边
花石头、青石头、白石头,有菩萨的石头
栖息蝴蝶的石头上面有龙的纹,
有山水的纹、有月亮和星星
有虎与怪兽
在城市的耳畔
不倦地谈着:
我是时间,是宇宙元素,是河流密码
生命太短暂,石头永恒

不信，捡一块回家放在枕头边
你能听到阿克苏的声音
冰川崩塌的声音和雪豹长嗥的声音
不是幻觉，你是相信自己还是别人
石头会说话？
人只要沉默就能听到

壬寅年夏
四个来自中原的人
在阿克苏河边捡起河流吐出的骨头

天山

我是巨龙,大蟒
盘踞在中国的新疆和更广大的地方
我是终年头戴银冠的王
有人说山里住着主宰万物的天神
我起身
雪雾弥漫,冰川巨响
西王母的马车上坐满了十方神圣
腾起的云朵引领着众神
我随时拉紧手里的缰绳
让众神与大地保持着恰当的高度
那些赶着羊群的牧人
那些骑着骠马飞奔着传递军令的人
那些因为缺水抻长了脖子朝着雪山的人
神爱他们每一个人
我是父
我是魔龙
我的一只足踏出塔里木盆地
另一足踏出准噶尔盆地

我张大嘴巴向南吐出塔克拉玛干沙漠

向北吐出古尔班通古特沙漠

九万里长风吹出的柔和的曲线

九万里长风吹出的灼热的沙砾

我的鼻孔里喷出白云

喷出万古长空,还有

雪豹、棕熊、马鹿、盘羊、金雕、胡兀鹫

它们的叫声就是我的呼吸声

冬季天山里银光闪闪

请悄悄不要出声

不要大声叫喊

会引出暴龙,现代人叫雪崩

重力带动积雪

以闪电一般的速度

推开巨石、朽木和野兽的遗骸

向着山谷奔涌

你不可阻挡我的脚步

我是力，是美，是圣灵
我赞美人类，更赞美那些奔跑的雪豹和自由的棕熊
还有那些掉了耳朵的小兽、瘸腿的岩羊
我热爱烘烤我的沙漠，还有等待我的河流
那些男孩子一样的河流从我身上滚动着奔向盆地
奔向人类和绿洲
我热爱大千世界和生活在其中的人类
甚至菌子和昆虫
众生平等，众生共生
我是万物轮回中的一环
赐予西域清泉、草原、山谷和河流
我是扭曲的巨石、消融的冰川、穿梭的马群
回荡的飓风
我满身宝石，挽弓射月，手摘星辰
我是汉朝和隋朝皇帝无数次梦到的玉石之山
是西王母和周天子相约再会的高峰
我爱所有，我一夜白头
我惦念更远的远方和更广大的人群

我是白山、雪山，唐代的人喊你折罗漫山

我是父

我答应过你们

要爱，以恒久之心

以托木尔峰、喀拉峻山、库尔德宁、巴音布鲁克草原、博格达峰上的积雪爱你们

以塔里木河、伊犁河、乌鲁木齐河的流水来清洗你们

以冰川、积雪、荒漠、草甸来磨炼你们

我说过最终我们合为一体

和光同尘

世界将重新诞生

塔里木河

一身冰冷,一身寒气,一身银色的蓑衣
奔下帕米尔高原、喀喇昆仑山和天山高峰
蓝色冰川赋予你孤独清冷的气质
你没有通江达海的理想
只是朝着巨大的塔克拉玛干沙漠奔涌

追随你,我在河流上遇到比天山更高的天空
天山深处住满了白色精灵
你的处子之身是那样纯洁活泼
并不明白此生的命运
你带着雷霆、闪电、暴雪和远方的经卷
神祇已经上路
风雷也上路,雪豹在远方的山峰上徘徊
每一条河流都是孤独的
更多的支流,更多的野兽和神灵
只要不停下
就会成群地奔向你

满身银色的箭镞,满身高原的星光熠熠

你劈开昆仑上如铁的岩壁

在被月亮照耀得雪白的山石上拨动琴弦

深夜里琴声涩滞,你天真地睡了过去

河流呵,带走高远的星宿

携带高原上自古就回荡着的光芒、空无、幻象和真理

塔克拉玛干沙漠铺开金黄的经卷

等待着你带着宇宙间的神秘、清凉、湿润和庇护

塔里木盆地展开葡萄园、苹果园和一万亩的绿洲

等待你的香草、流水、环佩鸣响、玉带飘扬

追随你,我来到流动不息的沙漠

在一粒沙子里倾听大荒

浩瀚的沙漠下有一座地下的城市

我听到那些古老的城池里车马声和人的呼喊

尘土飞扬里远方总有兵马车队奔驰

胡杨、胡颓子、骆驼刺、蒺藜和柽柳

也在列队奔驰

沙漠沉默着,没有一声回答

也没有一盏灯火
曾经有过最猛烈的洪水
有过最光芒的城郭
现在都掩埋在起伏的黄沙之下

这是被流水聚集起来的胡杨林
河流开始在绿叶与枝条上驻足
沙雅的胡杨抱着胡杨
湖水出现了,大鱼露出了脊背
野芦苇被举出水面,水面在降低
僧侣们的梵语重被流水一再吟唱
神灵的车辇上装饰着金黄的香囊
一千面金黄的战鼓被风擂响
头戴王冠的王走到猎猎的西风里
火焰在燃烧,从水面烧向更远的地方
梦里唯一的大船,鹿角上飘扬着经幡
辉煌的灵魂里有巨大的宁静

跟随你,接纳了一百一十四条河流
你披满星辰一路向着荒野
谁说你是叛逆任性的河流呵
谁说你是一匹脱缰的野马
你小心地绕过果园、牧羊的姑娘、顶着奶罐的妇人
甚至绕过那无数尸骨坟茔
在经过庄稼地和果园时,只掀起细小的波浪
枯草倒地草木凋零,你也会仁慈地点起风灯
把不多的雨水倾洒
父亲已经远行,母亲苍老的脸上
都是悲苦与忧伤
你垂头不语,我还在向上游张望
那些被河水滋润过的人
那些被烽火与战争折磨过的人
被沙尘暴袭击过的人
被夏日烈焰烧灼过的人
珍惜你送来的每一个水滴

走过了两千里长路

你从沙漠进入博斯腾湖，碧波如镜，水鸟如云

孔雀河蓝色的长发柔媚清纯

劝说你留下来的王喋喋不休

甚至带走了你的水瓮和琴

神谕在水波上流转，黑天鹅发出鸣叫

不不不，必须出发

那是站在冰川上的神灵万古不变的指引

那是荒野发出的深沉的召唤

罗布泊或者台特马湖

用一只耳朵在那里倾听

你满是星光的水流已经有点疲倦

像长途赶场的羊群回到草原

闪闪的银光已经暗淡

湖面张开蓝色的嘴巴

你消失，回归大荒

就像人最终回到土地

塔里木盆地

一只眼睛,金黄的瞳孔

绿色的睫毛

在中国的西部,明亮地闪耀

它看到了什么

王朝的更迭、战争的杀戮、人世的沧桑

更高的眉骨上,雪白的眉毛,直刺天穹

那是昆仑、天山和葱岭的冰川

在为盆地的生物命名

塔里木河

用汲来的雪水与清泉

制造出一个个吐出甘露与果园的绿洲

让马背坐上牧人

羊群跑满草原

蒙古包像白莲花一样开放

让柽柳吐出粉红花穗

胡杨擎起金黄大旗

乳酪甘甜,奶茶飘香

一只金碗，闪闪发光的金碗

四面高峰并立形成了这样豪华的金碗

冰川潺潺流下的雪水清澈这金碗

沙漠金沙弥漫这海市蜃楼般的塔克拉玛干

胡杨用更多的黄金明亮这金碗

千万的新疆百姓端起这金碗

无数的生灵感恩这金碗

金碗里埋着闪光的矿石

还有乌黑的石油

那是寒武纪至奥陶纪的印记

还有比北美五大湖多十倍的地下水

正在幽深处汹涌

也许在抢夺淡水的未来

这些封闭在沙漠里的雪水

可以救人类的命

塔里木

维吾尔语中即河流汇集之地

曾经有一百一十四条河流纵横
雪白的棉田、库尔勒的香梨、库车的白杏
阿图什的无花果、叶城的石榴、和田的红葡萄
都有着塔里木的甘甜
穿着纯棉衫吃着香梨的人呀
你们身上也有新疆的甘甜

凿空

一具肉体如何战胜石头
一双鞋子如何战胜万里长风
那条著名的丝绸之路
如何从长安延伸至中亚大陆
这一切要从一个关中青年的冲动说起
张骞,二十七岁的好年龄
带上皇帝"联合月氏,断其右臂"的嘱托
一百多个汉人打马扬鞭,一路飞尘

太史公在书里叹感:张骞凿空
中国人一读到这里
就要叹息了
关于生命力的极限、关于对国家的忠诚
葡萄酒、苜蓿、汗血宝马
以及河西走廊、丝绸之路
是的,这些都是你用脚步与意志丈量出来的
这里有你的体温

你被扣押在匈奴十三年

娶妻生子

但你的眼睛与头脑还在工作

暗夜里，库木塔格沙漠里的沙雕

眼睛和你一样炯炯

所到之处，所看之景，地形方位

道路、物产、河流

铭记在心

大宛国人嗜酒马嗜苜蓿

你专门讨要果实

后在中原植种

大月氏女王对现世的生活满意

水草丰美有歌伎有马匹

对于联合抗击匈奴失去兴趣

去时青春激昂，归来须长发乱

皇帝几乎不相信自己的眼睛

疑心你是出没的鬼魂

你举起出征时皇帝亲手授予的"汉节"

汉武帝才流下热泪
亲封你为博望侯

太史公在书里叹："张骞凿空，其后使往者皆称博望侯"
中原人都会眼望南阳盆地
"为人强力，宽大信人"这是你传下的基因
博望侯成为汉代外交专有名词
汉使们纷纷挂在嘴边
而那些雄健有血性的西域人
一听到博望侯就会喜笑颜开奉上热茶
于是武威、张掖、酒泉、敦煌河西四郡设立
细君公主和解忧公主嫁入乌孙
西汉的疆域向西向西
胡麻、核桃、芫荽、黄瓜、安石榴、红蓝花
带着西域特有的香味
流向中原的高天厚土
吃到核桃与安石榴的人
能不能从果仁里听到博望侯的笑声

凿空
以一己之力打开西北缺口
一阵自由的风涌入
马匹、茶叶、瓷器、丝绸、象牙、香料、美酒
像一条无尽的大河
从你开始汹涌

一个人的龟兹

我就是那个龟兹王子
我就是那个被经卷星辰、风暴黄沙养育的人
父亲从印度高原抵达南疆盆地
娶了龟兹耆婆公主
前世我是舍利弗
在菩提伽耶的莲座上我是不灭的灯盏
梦里我一直说着梵文的经卷
在天竺国的灵山上
我聆听过佛祖不倦的讲经声

现在我已经七岁
跟随母亲入了昭怙厘大寺
城门外的七尺大佛
圣殿里缭绕的梵音,都是那样熟悉
那样亲近
当高僧微笑着剃掉我的头发
我幸福地流下了眼泪
我听到远远的草原上缥缈的声音
像是流水,也像是七字真言中的嗡

月氏山上云朵真大呀

好像月氏山一会儿就会跟着白云走动

我的母亲,这位美丽而坚定的佛弟子

她深知自己的使命

儿子天赋异禀,半岁说话

五岁时捧读各种经书,过目成诵

对所有玩具不看不摸

独对经书情有独钟

母亲带我在西域诸国游历

遍访高僧,深究佛理

在月氏山的山谷里见到一位隐居的高僧

他见到我,深深鞠躬

"这孩子将去东方,大兴佛法利益众生。"

疏勒国有一座大寺

群鹰如同乌云一般笼罩寺院后的山峰

它们啁啁地叫着

飞向更远的东方

我站在山坡向东望去,一片苍茫

更远的远方还有什么事物在等待着我呢
这一切如此神奇
让我觉得活着的每一天都像是劫后新生
寺院的殿门外有个大铁钵
像大黑帽子一样好玩
我蹲下来用了很大力气将它拱起
我竟然站了起来
半个身子都藏在铁钵里,世界变小了
我顶着铁钵摇摇晃晃地向前
我要让母亲看看我多么能干
这时我突然想,这么大的铁钵为什么有些轻呢
突然,这铁钵变得像座小山
我身子一歪,铁钵哐当掉在地上
母亲闻声赶来
吃惊地看着我
"母亲,我心有分别,铁钵就有了轻重
可见佛法说境由心造,真实不虚。"

后来,母亲要回天竺隐修

母子在昭怙厘大寺门口分别
怎样不陷入悲伤
如何超脱儿女情长
如何从自我中飞离
关注无穷众生
把自己投入群峰的呼吸中
开悟是最重要的问题
而非爱与离别,我看着母亲的背影在想
母亲头也不回
她让我步履不停,向东向东
她嘱我不要想念,要想就想更远的远方和更多的众生
"各自修行,各自成就。"

命运已经安排好了
我只有等待
现在我只有二十岁
生命的历程还漫长
我且埋头学习大乘佛法
"万法皆空"的含义如海洋一般深邃

我的小乘经师盘头达多有一天从罽宾国来看我
"这世界处处是有,为什么你说万法皆空呢?"
"大乘是究竟,无来无去,度人脱苦,佛经三藏,
　如大海一般……"
最后我和法师握手言和
他也信受了大乘

我说我在等待四十二岁到来
那年我会起身东行
如果我等待的他此刻到来,我会怎么办
今晨寺院下起了大雪
世界的原初,如此洁净美丽
没有一丝痕迹

啊,我们降生在这世上,得到佛投来的一眼
也要感谢上苍

玄奘西域记

一

洛阳向东
平原上的村庄
一条大河万古奔涌
把自己送向更加广阔的空茫
一位母亲做了一个梦
梦见一个男儿身着白衣,骑着白马
乘风西行
……
公元602年,一个男孩出生在缑氏镇
邙岭侧耳聆听
大河里星光闪烁,宛如巨大莲花开放
你是佛祖在许多年前选定的人
是菩萨派来的人
你的第一声哭像是一声唱诵
在所有吟唱之前
这是中原众多圣灵的儿子

要去承担真理的点亮
将要经历磨难与光荣

二

你来了
净土寺等了你十三年
大雄宝殿里佛祖的面容突然被阳光照亮
你来了
嵩山亿万年的流水冲刷过的石头
在风里滚动
你来了
携带有印度高原上强烈的光线、宇宙间的幻境
　　前世圣贤们的经卷，还有空与无
你低下头
邙山上的林木一阵震动
你的头发落下

洛河河滩上所有的鱼都涌向岸边
从此你步入空门
圣人在圣人之上诞生

三

大海波涛汹涌
宝山放出万丈光芒
石莲花开在波涛之上
你于梦中跃升，山刎峻峭不可攀
突然间你身轻如燕
飘至山巅
梦醒，你决意西行求法
带着马匹、包袱、经书和一颗坚如磐石的心
你和灾民一道偷偷出了长安
大风和落叶一起飘散
一千面战鼓在古道上擂响

你仓皇却又勇敢地过秦州至金城

过凉州至敦煌

河西走廊上的车辚辚作响

菩萨一次又一次现身

护卫你出关城过烽燧

乘着秋风一次次逃过追捕

在广漠的西部

你在身体里构筑了一座寺院

四

沙漠像巨大的虚无

每一粒沙子都在噬咬阳光

八百里莫贺延碛

像满身火焰的恶魔

菩萨的眼睛转暗

金黄的宫殿在震颤

枣红马驮着你走向亘古的荒凉

狂风追赶着沙漠，所有事物都流动起来

一个人与一匹马被风沙牵引

你的水囊被划破，方向也被沙子掩埋

你听到死亡咻咻的鼻息

你朝回路走了一段，又掉转马头

宁可西行而死，决不东归一步

风声变得越来越空

你倒在沙漠里，直到被深夜的冷风吹醒

月亮慈祥地凝视着这片死亡沙海

突然马儿拉住你的衣袂，向一个低洼处跑去

星光映照着沙漠的池塘

青草的气息在水面上回荡

你倒向池塘，如一头小兽一样狂饮

肉体开始苏醒

泪流不止

菩萨引导着你，护佑你

你倾听着梵音

体会着重生的狂喜
身穿白袍的观音挥动柳枝
十方圣灵
皆在月光下为这个内心坚定的人唱经
清晨再次降临

五

命运的另一副面孔
美食环绕,国王与大臣膜拜
就在你九死一生之后
马啃着丰美的青草,高昌城一片欢呼
高昌王麹文泰曲意奉养,奉为国师
你不为所动一心西行
"虽葱山可转,此意无移。"
最后绝食三日,气息渐弱
心如铁石,国王认输

"任法师西行,乞垂早食。"
最后送黄金百两、银钱三万、马三十匹
又给西域二十四国各修书一封,附上大绫作为信物
"愿可汗怜师如怜奴。"
二人结拜成兄弟
长亭短亭
如送亲子,如送父兄
在戈壁开启了最通畅的旅程
你依然沉着,高大,英俊
绿洲为你奉上最甘美的泉水
琵琶声环绕
那一群护卫你的菩萨长长出了一口气
鹰翅携着圣灵的嘱咐
在草原上落下阴影
雪山降低了自己
让你和马嗒嗒地驶过
雨水与吉祥同时落下
你既没有觉得幸运,也没有回想过去

你心里闪耀着天竺经卷的灵光
足以照亮长路与远方

六

你在马背上
已经看到了昭怙厘大寺
一座被河水隔开的大城
大城西门外高九十余尺的佛像

正讲述着宇宙间的空与无
背后的群山衬托了寺院的威仪
在这里经书们找到了唱诵的嘴唇
远处的草原上，羊群也将自己安顿在丰美的草丛里
金色的大殿里梵音不绝，钟声不绝
佛的足印广大，踏在寺院如海蛤的玉石上
经幡猎猎

好像在召唤中土到来的法师
寺院里的柏枝全向你张望
高山上岩石也打开了自己
宇宙与万物都开始了合唱
你其实是与敬仰的老师约会
鸠摩罗什，那位大智大悲的高僧
曾在这个寺院出家，数次开坛讲经
这些佛像与祭器
上面都有高僧的手温
你在河水的闪光里看到了他
你在向着后山蜿蜒的小路上看到了他
那些最先出现的真理
通过这个伟大的头脑与嘴唇
向龟兹大地传播
向广袤的格桑花海与偏远的村庄传播
你现在也坐在其中
万物在巨大的声浪里
摇晃之后又趋于平静

乞寒节的马车上

你和国王一起

看大眼睛的龟兹女旋转出大风与暴雪

光身子的小伙子跳出流水一样的舞步

你持续两个月讲经说法

修正了这个国家的身姿与舞步

人们沐浴着佛的光芒

人世间的幻境

被所有人一瞬间感知并记取

七

十七座雪峰耸立

如同十七柄寒光闪闪的利剑

斩断人影与鸟踪

最巍峨的是托木尔峰

南天山的王者，银龙一样不知所终

积雪在冰川上传递着雪崩的轰响

你称之为"暴龙"

风之暴君

推着雪山

山里凌峰摧落

如同死亡的白象,比亡灵还要令人惊恐

一只隼自天而降

划破白色

雪雾弥天

雪峰陷入巨大的蛊中

长满白色羽毛的巫师

使死亡的僵硬变得可亲

神话里的吃人兽发出凄厉的长嚎

你和你的信徒们在劫难逃

远方的草原变得虚幻

乌鸦在天空布满碎片

人开始倒下

冻僵的人如同石头一样沉重

肉体已经散失了温度
只有一缕神志顽强地逼迫自己的双脚不能停下
马也在陆续倒下
它们渐渐闭上的眼睛里雪山正在变小
正在变暗
七日七夜，像一生一样漫长
在雪山里抢出自己的人群
乘着雪雾走出山口
这子宫一样的山口
这死亡与生门并置的山口
最终把你向未来又运送了一程
你回首
那最后的雪峰超凡脱俗
成了你心中净土的模样

辑六

陈根增作品

陈根增,笔名老根。中国老摄影家协会会员,河南省老摄影家学会常务副会长,河南省诗歌学会顾问。

天之基

若不是楼宇间几个醒目的大字
谁能想到这里是一座工厂
它超出了你的认知
它颠覆了你的想象

没有烟囱
没有粉尘
没有烦人的机器轰响
像森林

像果园
像牧场
这里,树木葱葱
瓜果满园,鸡鸭成群
还有毛驴站岗

走进去,看到电脑屏幕前
忙碌的员工,才猛地明白

这就是陈红举团队
在戈壁滩打造的
伊甸园的梦想

两头毛驴

我欣赏你的帅气
我羡慕你的安然
在围墙边的树林里
从早到晚,散步撒欢

看到你,总有一种莫名的情感
那涌起的乡愁,如大海的波澜
激动中疑似看到,故乡的毛驴
被"驴贩子"①请到了边关
在无烟的环境中打磨历练
如今才变得气宇轩昂
如此安然

---

① 驴贩子,指著名国画大师黄胄先生。

八戒后裔

几间猪舍，清洁光亮
没有丁点异味
空气中还滞留着饲料的
丝丝余香

或许是被脚步声惊动
一群萌仔匆匆蹿出舍房
抬首——张嘴——摇头——失望
一个个抻长脖子
一副副萌人模样

我想，如此憨态
完胜天蓬元帅
若发到网上
一定会圈粉无数
轰动南疆

一群"凤凰"

厂区的林园弥漫着果香
树行间,成群鸡鸭懒散地晒着太阳
有的站立,有的半卧,有的不停地
扇动着翅膀
活像一群涅槃重生的凤凰

不请自来的麻雀飞来跃去
时而树间嬉戏时而落在地上
如一群强盗
疯狂地抢夺着鸡鸭的口粮

这场景
这模样
乐了众生
却难倒了摄影师
不知如何才能拍得
像是一座工厂?

神韵龟兹

千佛石窟薪火传,
汉代烽燧熄狼烟。
托木尔峰冰雪盖,
塔里木河胡杨妍。
多浪河水清如许,
温宿峡谷红似焰。
"带路"唤醒西域梦,
神韵龟兹谱新篇。

林茂果丰乐天涯

沙暴源头柯柯牙,
昔日漫天起狂沙。
造林工程启动后,
绿色长城渐长大。
接力奋战三十载,
七任书记牵头抓。
生态修复入佳境,
林茂果丰乐天涯。

沁园春·塔村

世外桃源,天山脚下,魅力塔村。望托峰①耸立,紫霞缭绕,火山隐现,冰雪腾云。牧草茵茵,山花烂漫,风动花摇醉马群。待冬日,看丹霞素裹,惊撼心魂。

坊间早有所闻,未料到、竟如此引人。恋火车宾馆,飞机餐饮,彩虹滑道,独特人文。归园田居,星辰客栈,返璞归真生态亲。平台子②,续筑民富路,再建功勋。

---

① 托峰,系托木尔峰的简称。

② 平台子,当地人对塔村的俗称。

翻山越岭觅小诗

翻山越岭觅小诗,
雪地冰天随意拾。
低头被诗绊一跤,
抬首欲躲事已迟。
采过来,装框里,
一起带到群里去,
与尔同忆龟兹时。

克孜尔尕哈烽燧

一座古老的烽燧

中夹木骨，黄土合着秸秆夯成

一座巍峨的红色哨卡

从汉代走来，记录古代信息

技术的巅峰

眼下，烽燧

是如此寂寞

是如此安宁

没有狼烟

没有烽火

甚至没有一丝呐喊声

然而，静谧的烽燧

还没有失去本真的功能

因为，世上还有风云变幻、雪雨霜风，还有豺狼横行

此刻，不知有多少和平的国土正被恶魔乱伸的长臂搅乱

不知又有多少辛勤劳动的果实正面对着强盗贪婪的眼睛

沉默的烽燧呀

不能总是挥舞着平安无事的旗语昏昏欲睡

一任歌舞升平

心中的烽燧呀

要居安思危,时刻警醒

狼烟不熄,警钟长鸣

寻找感觉

在阿克苏小住几日
朋友建议我写写多浪河
一连数日，提起笔多次试过
总是理不清头绪，找不到感觉
不知从何处下手
怎样述说

是由远及近，先写多浪人家
古老部落？
他们世代依偎在多浪河畔
吸吮多浪河的乳汁生活
多少个斗转星移
多少次水涨水落
孕育出独特的多浪文化
已载入文明的史册

再写岁月沧桑与现代文明的碰撞和疑惑？
囿于习惯，维吾尔族乡亲早年在

河边洗刷羊皮
天长日久水质污染
胡杨枯死沙尘成祸
进入新时代,开始紧急抢救
主动纠错

还是由近及远,先写抢救工程竣工后的喜庆欢乐?
汩汩清泉流进市区
一河死水重新复活
胡杨林枯木逢春
小船儿划动了清波
彩虹桥飞越两岸
步行栈道连通双侧
人们载歌载舞笑语欢歌
小桥流水人家
水榭亭台楼阁
好一派西域江南的神韵
人与自然的完美
结合

再说治理环境,紧急抢救生态的经过?
近二十年的三场硬仗
全靠各族儿女团结拼搏的精神
和战天斗地的崇高品格
这精神品格感动了上苍
找回了维吾尔族多浪河的本真——
清澈流淌的河

终于,我不再纠结
心中慢慢有了点感觉
其实,回头来看
无论从何处起首,命里注定
都是一部民族团结的协奏曲
都是一首生态修复的赞歌

辑七

海盈作品

海盈，本名马海盈，河南宝丰县人，现居郑州。中国作家学会会员。诗作散见于文学期刊和报纸副刊，入选多种诗歌选本。出版诗集《且行且歌》《时间的河流》《涤尘集》。

走进阿克苏(组诗)

捐书,柯坪其曼村

绿色,逼退了夏日的
燥热。墙绘,折射
村民的七彩追求

会议室,维吾尔族兄弟姐妹
一排排坐在房顶的红旗下
质朴地笑。想起葵花

一摞摞、一沓沓。像
一方方城池。村民们的
眼神,在等待城池蹦出
一幕幕故事。好吧——

待明月升起之时,就
让梦幻叙事的浪漫
点燃少年心底创新的火炬

让山坳发小的故事
鲜活在维吾尔族兄弟生活的
日常。让中原河流的涛声
唤醒沉睡的齐兰古城
让诗行吉祥的鸟声
擦亮创业的梦境

留下了,体温,呼吸
牵念,情感。留下了
飞翔的羽翎,绿色的期许
千里万里不再阻隔

其曼村,丝路上的一个逗号
让亘古的风接通讯息
让悸动的星辰记录光影
让希望,在体内拔节

阿克苏的河南力量

体内鼓荡着猎猎大风
夸父追日般一路向西
御风追日,追日

引来雪水,冲洗思想的盐碱
聚拢光热,种植鸟鸣
让理想抽枝,茁壮

苍凉中升腾希望的火焰
让坚硬在岁月里淬火锻打
荒芜退却,戈壁生金

与沙尘暴搏击,胸腔
滚动着隆隆雷声,让信仰
在苍茫辽阔中燃烧

用故乡的炊烟焐热脚趾
抵抗冬日极寒。让沙砾生长
果香,笑声。鲁米说:

"伤口是光进入你内心的地方"
"你正在寻找的东西也在寻找你"
"是你发出的光点亮了这个世界"

苏巴什佛寺

风,呼呼地吹着
却勒塔格山,静默无语
辽阔的沙砾之上
高塔凌空,殿基巍峨

角楼,瓮城,壁画,佛龛
一群人来,一群人去
沙石间小心行走,生怕
触动深处的诵经声

夕照下,遗址墙垛里
盛满了絮般的云。那可是
前世的经幡?或许云光
可以擦去浮世的尘埃

吹着大唐吹过的风
脑际闪过玄奘负笈跋涉的
身影。尘世间,多少人
在灵魂里行走?

克孜尔尕哈烽燧

远远望去,像是一位
勇士,高傲却又略显孤独
在苍凉的辽阔里

风声在耳边嘶鸣,是的
不是战马。狼粪燃起的狼烟
早已潜入博物馆

是的,站在远处瞭望
烽燧点燃的,是与高天
连接一体的缕缕流云

胡笳声去。巡边的马队还在
千年军垒,一次次向游人
昭示自己的存在

感受龟兹乐舞

舞，飞舞，旋舞。从
敦煌莫高窟壁画走来
从克孜尔千佛洞走来
管子，琵琶，腰鼓，横笛
著秋月之光，卷胡沙之风
舞回了龟兹千年光阴

"天宫飞来的歌舞"
优雅，狂放，瑰丽
"五旦七声"乐律，裹着
野性，为沉沉然的庸常
注入勃勃活力
"天香生虚空，天乐鸣不歇"
激情跃动在李白的诗行
高亢奔放的气质翩动山谷
纵横开阖传递万里边声

在库车，四大文明世界唯一

交会地，此时我想诵一首
《苏幕遮》：
"欲作新诗心自语。
身入中年，怕作关情句。"①

---

① 尾段引用明代词人王世贞《苏幕遮》句。

柯柯牙纪念馆

曾经风沙肆虐,灾害频发
十级大风,刮走麦场小麦
六千六百公斤。能见度五米
谁来拯救我们的日子?

挖沟,引水。手上震裂血水
敲碎砾石!"春种一片树,
秋剩一捆柴"。坚持
让胸膛盛满坚硬

苍茫中与风沙共舞。铁锨
触地,阳光四溅。让旷野
疼痛后改变模样。是谁蘸着
星光在戈壁书写壮美?

林业局局长毕可显的鞋子
护林站长依马木的衣服
水壶,盒饭,马灯,炸药
述说曾经的激越光影

黎仲康、赵武忠、宋建江
王殿武、何俊英……
一个个名字，成为
百炼成钢的传说

三十年砥砺。草场
湿地，森林，阿克苏河
多浪河，蝶变为绿色海子
蔚然成一种精神

这里的每一粒沙，藏着
创业的吟啸。每一棵树储着
青葱梦想。每一寸土地
放射着信念的光芒

多浪河唱着母亲的歌谣
奔流不息。纪念馆在
辽阔无垠中守护果香，蛙鸣
成为边疆的明喻

齐兰古城

敬畏地走在土黄色里
驿站,炮台,烽燧
城楼,城墙
我不敢触碰,生怕触发
沉沉雷鸣。在
37摄氏度的光海里
古城静静矗立

纵横交错的街道,干涸的
大池塘。铜钱,陶片
军事,民用,宗教,农垦的
分区。鹰和云朵从头顶飞过
曾经的喧嚣,已随河流
沉入时光深处

我们,想打捞出遥远的
繁华。城垛,对昔日的秘密
守口如瓶

在繁盛与衰落牵手之时
古城可否投掷出一粒
梦的种子?

残垣边,红柳灼灼其华
风中低吟的,是怀古的句子
还是对梦想开花的呼唤?

结亲,在五棵胡杨村①

斜照下的千年胡杨树
虬枝高擎成神性的雕塑
油画般撼人魂魄。天穹下
我一再仰望,泪光盈盈

步入村子文化大院
铿锵浑厚的豫剧《花木兰》
在洁净的空气里回荡
瞬间,家的感觉油然而生

清一色的维吾尔族姑娘,盛装
演绎中原历史传奇。问候
交流,加微信,结亲
古海热木,成为我家的妹妹
她的家人成为我们的亲人
妹妹的笑容,明亮、善良
合影照上,高山流溪飞鸟
和京剧脸谱成为背景

---

① 拜什托格拉克村,汉语为五棵胡杨村。

这一天，有五棵千年的
胡杨树，见证了吉祥时刻
这一天，我们在塔里木乡
经受"胡杨精神"洗礼
这一天，泛舟塔里木河
澎湃高歌《塔里木河》

车子驶离拜什托格拉克村
"来我们家坐坐再走吧"
是维吾尔族妹妹发来的微信
"我们已乘车离开了
有机会再来看您和家人"

望着微信上的文字，默默
向维吾尔族兄弟姐妹们祈愿：
每一朵花，不叹息，只结果
每一株罗布麻，茁壮成"仙草"
每一片沙棘，汪着一泓梦想

每一朵棉,蝶变为一朵云

每一棵胡杨,坚守成信念

每一张脸,生动出青春之光

写给天基陈红举先生

少言，沉稳。会议室里
探讨企业文化与诗结缘的
多种可能与路径。在
阿克苏的夏日里

带着许昌口音，用坚毅
深耕天山南麓。怀揣信念
在荒芜的戈壁寻找答案
让基业流光溢彩

故乡的炊烟袅在心底。汗水
洒在粉碎岩石的声响里
把激情的火焰与谋划的智慧
在大漠岁月里迸射

产值，利税，一天天拔节
让楼群像小羊般一天天长高
把艰难、疼痛压在心底

让梦想的光照亮飞翔的翅膀
筹划在故乡建博物馆。记挂
让中原文化与阿克苏牵手
让坚硬生出柔软，在多浪河
种植励志故事

沙雅,月亮的故乡

有一个传说,月亮落入
塔里木河,月光四溅

一种传奇,胡杨千年青葱
千年不倒,千年不朽

一片沙漠,塔克拉玛干
驼铃收藏历史,启迪未来

一条河,塔里木河的鹅卵石
"年轮"记录干涸与丰沛

沙雅的月光,澄澈明亮
我走入月光,如行在梦里

风和戈壁构建的意象
被如瀑的月光修改

时光被月光濯洗。在河边
想掬出那轮滑落的纯洁

月光汹涌,洗去旧事物
洗亮沙雅的盛世光阴

巴音布鲁克草原

一匹马,两匹马,三匹马
在雪山草甸,嚼着无忧

露水,在草尖吸纳阳光
昆虫,在风中歌唱

走近,再走近,三匹马
公马、母马、马驹儿

成年雄性的枣红马,与我
交流眼神,温驯,善良

不远处,还有一匹白马
孤独地眺向远方

此刻,读不懂白马眸子里的
忧郁、落寞。在想什么?

马蹄声澎湃,风中的翅膀
"东归"的故事,掠过脑际

阿克苏博物馆

一个下午,约等于千年
万年。在混沌中旅行
洪荒中寻找

柯坪石镰。故城夯土。寻找
陶罐、骨骼。龟兹有铅
姑墨出铜。先民们梦的遗迹
风沙掩埋下的金戈铁马。寻找
暗夜军帐中的酒香。龟兹
灵魂深处的火焰

那精细的铜带钩,可储着
张骞的体温?
"汉归义羌长"印绶,成为
"中国结"亮眼的信物
驼队走成雕像。沙线
如魔幻锋刃,切割
明暗幽微的岁月。烽燧的

箭口，依然吞吐着
带沙的月光
丝路琵琶，唤醒飞天飘曳
神秘的楼兰姑娘，在带光的
沙砾里，芳香永不流逝
鸠摩罗什，让灵魂宁静
融解生命的喧嚣
几千年不熄的火焰里，创造
荒凉深处的惊世繁华。澎湃
辽远深邃的中华基因

胡笳声远。星辰聆听蚕鸣
以一种可触摸的形态
演绎神秘，照亮梦想

辑八

邓万鹏作品

邓万鹏，当代诗人。1977年考入东北师范大学中文系，1982年毕业。1985年到河南，长期从事媒体工作。中国作家协会会员。

1976年8月在《吉林文艺》发表处女作，并陆续在相关报刊发表作品。20世纪80年代后，诗风趋于冷峻凝重，这期间的诗散见于《诗刊》、《人民文学》、《人民日报大地副刊》、《解放军报长征副刊》、《星星诗刊》、《诗神》、《作家》以及中国台湾《创世纪》、中国香港《诗歌双月刊》和日本《火锅子》《亚洲诗坛》、美国《新大陆》等诗刊。著有诗集、文集《时光插图》《走向黄河》《冷爱》《不说谎》等十余种。

进入大漠

从阿拉尔到沙雅　那么多个小时的路程
仍然跑不出你左右的波浪　无尽的
沙包身后还有包　包啊　沙包反弹的
作用力　吸收倒退的视线
断了又连　贴地风
在你的视网膜上贴一层黄绒毛

往后闪胡杨树保留了祖传的半截手指
指出半个脸　一些空脖腔
还有独臂勇士　风骨的千种姿态

蓝色天幕一层一层合拢
合拢又撕开　穿透沙漠

一条公路爬满无数黄蜂　啃着
钢蓝地轴　它们爬行
翻滚的群体试着包围　吞噬和淹没

车轴顶端　旋转　滚烫
意外的一次爆胎：太阳停止
下午的提示牌确认我们所处的位置
竟然是一个狼狈的位置

沙　雅：266千米
阿拉尔：202千米
库　车：319千米

太阳悬浮　轮轴停止
我们所处的位置是一个尴尬的位置

阅读大漠

满眼都是翻动的波浪
一种波浪挡住另一种波浪

到处是被挡住一半或者更多
更多　翻不动的黄色波浪

行驶的公路躺平　用身体切开沙子
左右荒漠的沙子旋起　一阵风的带动

沙漠开始奔跑　沙漠加紧移动
满身满脸的黄绒毛　上坡的小碎步

搬不动自身的大块头　沙砾忙着
给母体安装代表西域风烟的小滑轮

耍脾气的沙砾贴着缓坡滑动　沙砾用一只脚
一只仅有的脚　去跑塔克拉玛干的通行证

一只脚使千万只脚紧紧跟随
混成一大片的一粒小脚　滚动沙漠

沙砾　沙砾之后仍是无尽的沙砾
你压住我的脊背　我爬上你的背脊

时间之内的无限拥挤　季节以外的有限堆积
相聚后的分离　离散之后的团聚

沙漠蠢蠢欲动时满脑子是脚
它在爬一个陡坡时　沙丘在升高

想象大漠

世界需要连绵的群山
重叠与陡峭崛起　还有奔涌的海

无数黄波涛拍天而去
复活之海纠正死亡之海

金色麦田饱吸晨光
长垄的线条一律倾向慢弯

所有的坡度滑落麦粒
多少年都吃不尽　模拟麦收

一场从南到北的大雪
孩子们梦到一个奶油世界

仿佛搅拌之手刚刚抽离
沙老鼠的八撇胡还没来得及弄脏

流浪汉需要一个啤酒池塘
塔里木几乎端来吐鲁番盆地

一场古今中外的大洪水
给红柳和骆驼刺一次性解渴

女人把长头发搭上月桂树
大风翻译维吾尔族的言语

年轻人越过一个发育的山口
火山倾吐狂热的沙石

画师寻找一个模特体
臀　乳房　腹部的一段流线

叠加　舒展　熟睡的小腿
必须拉长　纯熟地起笔和落笔

像胡杨那样站立的族长
以疯子的手势保守坟包

反驳沙尘　一截树桩捂着根
骨头折断处释放新叶

无限量　骆驼牌卫生纸
最干净的褶皱展览大地

擦干人类的悲伤　戾气
倾盆雨唤醒久睡的木乃伊

又一场逼近的天风
把所有形态抹掉　相似的手

拉紧四季的循环周期
天光在沙砾上实验反照

需要十条以上的公路或更多
针灸麻木与沙石阻隔

黑色地轴自转日月
让蜜蜂与沙砾一样繁殖

到处都是平顺的滑坡
山峰与沙湖相互错落

探险的棍子挑起风干的传说
渴死的探险者与骆驼一起复活

抖落沙尘　压埋的古村
传出欢声和笑语

一棵胡杨回忆一万棵胡杨
驼铃的金风中伸展无数新叶

起舞大漠

东和西瞬间旋转成南和北
南与北偷偷互换了东和西

失灵的指南针　埋住的西风
静止的起伏

像酒厂胡同的风　一阵风的旋转
沙毯铺开云朵蔓延的舞台

仿佛一个人刚登上月球
公牛牌户外鞋不染尘埃

从没有上过班　也没去过单位
没对麦克风说过话　不对椅子转达

比小时还小　没进过学校
不认识文字

像酒精又像即兴的风
比风没文化　一个从前的幽灵

旋转　旋转沙尘暴的起点
从未走过人间　公主的双脚

塔克拉玛干随着另外的
一只脚缓缓抬高　太阳随着升高

刚诞生的红夹克　紧随一阵风
火苗艺术家　擎着烟柱走过天空

沉迷大漠

沙老鼠扔下一条拉锁　一条
细密对称的拉锁　拉紧了

那是我们从没去过的领域
而朋友们突然失控

头也不回向前跑去　向着
有一棵胡杨的盆地　下一个陡坡

我想高喊一声孔祥敬
陈炜　老黄啊　正向落日挥手

我看见你使劲拔出左脚
又使劲地拔出右脚

你捡起一根死去的棍子
你开始试验你身外之脚

拄着棍子　有人想迈开大步
可他的脚就像我的脚

那样吃力　在埋住的沙窝
你反复拔出身体的威力

你终于爬上一个陡坡
我的墨镜里　你逐渐变小

西部牛仔大檐帽好看的外檐
搭扣在逐渐拱起的后背

我的目光如同拉直的皮筋
你不会停下　但也不要扯断

沙丘的阴阳线上　我看着你
像防沙网的一根插刺儿

就像卡进我喉咙的刺儿
我想努力喊出　但没有成功

一个谜一样的地方吸引了你
对你打开　类似月亮的领域

启浪路上

一开始我们就无法不喜欢这样

那是从底盘传递上来的
某些坚硬的反弹
所造成的动听之路
似乎都会发出一种悦耳的声音
开始对一个好词汇讨好
——我们都去看启浪
启浪啊 启浪

不规则的小石头硌着 颠颠地
敲击音干山景区的心脏
趁大河还没有形成
胶皮轮到处转动
一指深的反光 南疆
清凉的微风从两侧滑过窗玻璃

水在滩地编织花纹

牧羊女从以往的夏天　一低头的闪现
散开波浪头发给早晨镀金
几只呱呱鸡慌忙散开
带着早晨呱呱的嘹亮

太阳不高也不算太低
正好骑在驼峰上　　模仿某个朝代
一个君王顶着橘红色
大檐帽晃动西部　　越过山羊山
喝足水的骆驼群刚跑几步
又停住　　然后继续挪动
蹄子　又是蹄子　驼毛竖起低矮山岗

芦苇丛晃动着轻烟　　插满眼前的
遍地积雪　　盐碱的积雪
不是雪　边地十月　你坚硬的轻霜

大湾沟

我的妈呀 这就是你们所说的
大湾沟？石头在地球这儿

被蓝天切一刀 什么神力剖开了
这石体？太阳和月亮的流水？

该是多么有能耐的地质队员
才能读透你这地理的核心？

人们被震撼了，起层的山岩
从上到下，让你们看见压缩的

一部天书？其实不是，也不像
人们通常所说的自然界

就在这梦想无法到达的地缝
这个死角，我感到我已经落伍了

心没缝。一个人卡进阴森的地缝
该有多么绝望？你们不会知道

有时一个男人暗滴的眼泪
还比不上半个出色的古代女杰

从这一刻起，我怎么也离不开了
这些突然生出来的，笨手笨脚

眼下的水潭，可不要吓唬我
我必须管理好我一贯的马虎

就这样深呼吸，能吸进大谷？
前边的好伙伴，你等等我！

镇静是必要的，必须依赖四肢的工作
一下一下搭建自己的绝对出路

这时 峡谷要是从两侧突然间
拍巴掌 我就会彻底完蛋

还是向前移动,唯一的出路
只能是向前移动　你别想抬起头

也别一个劲儿低头。靠喘息的努力
我能抓住日光的把手吗?

起起落落　并且在移动中缩小
像迟疑的蜘蛛突然加强了　此刻

它必须调动全部的细腿
加强移动　才能从这里爬出去

布拉克小村遗址

现在,我们的目光
全都聚焦你,从地牢里挣脱出来的一股水流
让我们看见一个原始村庄
最伟大的起点:你,硫黄泉

你让我们看见启浪脉搏的起跳点
突破大戈壁　你让我们闭嘴
只是听　你来自地心的搏动
你这从来不会停止的心跳

它带来了神秘的硫黄味儿
水蒸气　让我们围着你
我们无言　大口大口地吸进
你的气味　你的原始内动力

大水车旋转着
带动磨盘　它的牙齿依然尖利
嚼碎七百年的太阳和月亮

还有野狼暗夜的嗥叫

像白日里突然袭上来的沙尘暴

溪流带着光辉流淌

  出山 在每一块戈壁石上冲击

  拐弯 向着没有边的天边

  找出路 激起一次又一次突围的波浪

当艾孜买提依然把羊群赶进夕阳

古力扎娜便登上平安亭

瞭望风烟 她的头巾在黄昏渐起的风中

啪啪响 骑马的汉子正奋力穿过无边的烟雾

小村的白杨收束着好看的腰身

一排又一排站着 高低不一

在每一道山坡上 牛奶已经热过了

香气着急地融进傍晚

暗红色的天幕上 金星好像一个熟人

在史前的星座上闪烁

如今的人们全都迁移到规划的区域
天然气蓝色的火苗
兴奋地舔着锅底　在每一个黄昏
每家厨房都发出幸福的低吟
而硫黄泉的流水依然沿着固定的水沟流淌
述说从前的某一个似乎一样的时间　空间

柯柯牙果园

在大石头或小石头
躺卧一万年的坚硬之地　不毛之处
如何以柯柯牙的意志
画出一块相对的蓝天　把寂寞空虚圈起来
放进一座大水库养起来
把雪山水截住
储蓄我们的梦想　让梦想开始

这是好多年以前的壮举
把一块又一块石头用手抠出
用镢头挖出　让它们演变成阿克苏的苹果
演变成梨　小一点的呢
统统变成新疆大枣　或马奶子　然后发往全中国
让人们同时
幸福地称赞西部
你的气候　汗水　吸收的太阳

积累的月亮　吸收　搅拌光华
凝结出好味道　好的颜色

好形状也正是红的形状　黄的形状
脆　肉质的甘甜
让所有品尝的嘴咀嚼　咂舌　本能地舔
然后异口同声地说出新疆
这盐碱的土地　你独特的生产

这是好多年之后我们看到的现实
它平常得就像一次不平常的盛宴
今晚的大盘子端上来惊奇　好感　无尽的感叹
首先应该感谢你　果园老总
是你领着大伙创造了奇迹
干杯　功劳归于你　各民族的成员啊

我们走进明亮的屋子里
还在回想：百万亩香气　水光的晚霞
大坝上　风吹枝条　与枣树合影　亚博可爱的光头
苹果拥挤的红脸　还有紧随的脚步
落下满地红雨　甜蜜的硕大雨点

塔 村

我们来时　打馕人回家了
塔村打馕第一人——淡黄色横匾
悬在房檐下　胡杨木以淡黄的颜色
迎接远来人　维吾尔文与汉文
你这手拉手的文字　笔力刚劲

烤炉里的火苗暂时藏了起来
耐心地等待着某一天　滑雪场潜在的来客
现在的任务是扎紧看不见的篱笆
防疫　让那些有害物无处藏身

一溜红布拉起标语　从一棵树
到另一棵树　紧绷着全社会的意志
连绵雪山环卫着塔村　就像错落的宝塔
守卫小村庄远古的宁静

毡包的圆顶钉在山脚下
上上下下　模仿了夏日的大蘑菇

小楼刚刚建好　站在坡上等待
反光的玻璃窗　紧盯着村口
远处的雪山顶着云帽　山坡的羊群
马匹啃着草根　从远到近　展开一幅油画

村口就是塔村的中心　桥下
西尔艾力忙着清理河道　整个上午
他手里的坎土曼都在挥舞
木把柄的体温　十八　他感觉自己已经长大
有用不完的力气　等疫情消息完全消失
他就走出去　与几个伙伴去阿克苏
在那里找个门面　开间小型超市

沙 雅

从诞生起　就被一种没边的怪物包围
向你脸上喷沙子的事　不说为好
塔克拉玛干时刻抖着天边的虎皮纹
沙雅　沙雅　猛虎的嘴在嗅一朵鲜花

每当穿过胡杨林的光斑搭上沙雅的肩膀
沙漠的指甲便插进某些民宅的门缝

一个名字沾满阳光之沙的沙雅
一个沙雁洲晨光中被穿梭鸣叫的沙雁喊醒的沙雅
一个湿地胡杨欢迎戈壁胡杨　沙漠胡杨
一个弄混水胡杨满身金叶反光的沙雅

像某个古国传说的公主　秋日清晨
披着金发　她的临水身姿微颤　模仿胡杨

夏天　她发出奇异的法令
能让沙砾生出薄翼　野蛮的沙子就变成蜜蜂

跟上罗布麻的小花　在神秘的通道
留下发甜的路标　让罗布麻蜂蜜获得珍稀的年产

不像夏天某些小城的傍晚
蝙蝠群忽上忽下　吃光了路灯

沙雅的早晨不是这样　塔克拉玛干抬了抬身子
蠢蠢欲动　昏黄的意念抚完路灯　遮蔽行道树
迎宾馆大楼里　国际治沙专家拉开窗帘
研讨继续　沙雅的包含又打开一层

更多的时候　沙雅更像一个潜在的维吾尔族老人
他的欢乐的长袍满是好看的竖条纹
那是密集的黑色条纹　白色的红色条纹
蓝色的粉色条纹　那是节日特定的条纹

辑九

塔里木作品

塔里木，本名吉利力·海利力。新疆作家协会会员。20世纪80年代起从事诗歌创作，已在《诗刊》《民族文学》《西部》《湖南文学》《诗歌月刊》《大河诗歌》《绿洲》《绿风》等刊物发表诗作八百余首，并三次获得新疆"汗腾格里"文学奖，部分诗入选《中国现代少数民族文学作品精选》《新疆60年名家名作》《2019年中国新诗排行榜》《2020年中国新诗日历》《每日一诗（2021年卷）》等十几种选本。著有诗集《丝路的眼睛》。

在黄河边上

此刻
黄河是我内心的天空上奔腾万变的黄龙
它咆哮着造出了百万个太阳升起的震撼
此刻
黄河是我的血管里滚滚暗流的黄玫瑰香水
它的芳香引出了所有的鸟群放声歌唱的神奇
此刻
黄河是大地脖子上闪动的护身符
在无比的荣耀中发光

黄河是充满灵性的魔镜
我看见
古老的燃烧和年轻的远景
黄河是造血工厂
它使我们祖祖辈辈的脉搏跳动
黄河是黄色的鼎
它是我周游世界的通用身份证

黄河是我遥望的目光

所有的远方从这里出发、抵达
黄河的语言是我穿行宇宙的黄色闪电
如果它不发声世界就停止呼吸

黄河，黄河……
你是十四亿个黄皮肤的王子穿上的黄衣裳
你用自己的经历支撑着他们的高贵
你是淘金人的黄金河
在波涛汹涌中获取黄金的丰收

奔腾的血性在你的水里
挺直的脊梁在你的水里
扬帆的骨气在你的水里
炎黄子孙的　中华大地的
重量在你的水里

黄河，黄河……
你犹如在长城上空永不落的金黄色太阳
照亮黄土的梦想

中原

中原　中原
拓展和不朽在这里持续永远
天空和闪电在这里解读史前
女娲在这里造过人
盘古在这里开过天

在这里
甲骨文犹如灵魂的音符奏响合唱
河图洛书在未知的深处阐释阴阳
炎黄举起太阳照射四方
夏商涅槃重生在头顶上游荡
在这里
随便挖出的石头诉说着千年的朝代
偶尔裸露的陶器倾诉着万年的文化
无论到何处
都有老子　庄子　杜甫的呼吸

这里有最早吼叫的第一龙

这里有最早观赏星星的阏伯台
这里有最早的思想果实《易经》《道德经》
这里有
最早点燃《诗经》的一群人
这里有
最早开创丝路的人们
这里充满着神灵的暗示……

多少个人间奇迹在这里开花　结果
多少个追梦者在这里到达巅峰　远逝
多少个记忆在这里变成星空

中原　中原
天下九州的中心州——中州——命中的中原
梦中的中原　心中的中原
血管里的中原
中国的中原
世界的中原

灵魂之书
——致老子

灵魂是看不见的存在
如同风的颜色
我在风中苦读灵魂之书
只有盲人心中的灯
才知道闪电的语言

我游走于万物的内部
捕捉了地平线　与宇宙共舞
我是光芒
专为消除影子
我是影子
专为光芒作标识

闪电之诗

在梦的记忆里
李白　杜甫骑着飞云
用太阳之笔
向天边谱写着火焰之诗

在梦的记忆里
李白　杜甫一起走进灵魂深处的辽阔
凡是他们抵达之地
沉睡的种子破土而出
群星顿时增加光芒
百花微笑静静绽放
百鸟飞来处处争鸣

在梦的记忆里
他们犹如神龙从《诗经》里腾空而起
向每个心灵喷射万古的诗歌闪电

奔波的词语
——致杜甫

　　水里的月亮　木船
　　山上的日出　鸟鸣
　　还有城市里的正午　喧闹
　　村庄里的斜阳　小路
　　以及茅屋里的空荡
　　从某处往某处奔波的词语
　　天地之间孤傲的眼神

　　万年　来一次的诗圣
　　永恒深处的暗示

大　地

把你当伴
千年的父母　万年的先祖
高高在上
而自己在脚下

容纳一切
在太古和未来之间

记忆的时空

我总有幻觉
从唐诗里涌出的烟火气息
变成无数归鸟
在鸣叫中瞬息万变
幻觉之中
一切渗透在记忆的时空
我仿佛漫步在长安的小街上
寻觅在龙门石窟里

李白和杜甫在洛阳见面
两团火焰的拥抱
点燃了一个王朝的诗意
我仿佛看到　他们正在
用一滴一滴的血液来填补深渊
用一行一行的倾吐为大地添色
此刻
天空被千古绝唱笼罩
万物在燃烧中获得永生

我带上古老的气息
迈向了永恒的诗歌旅途
和李白、杜甫一起朗诵着河洛文化
生命从古到今……

濮阳之夜

在夜的梦里

神秘的杂技张开了翅膀

从春秋时代留下的不朽魅力

使我飞翔在浩瀚的星空

从万年的深处

滚滚沸腾的中华第一龙

用万年的舞动　嗥叫

赋予我万年的傲骨

今夜　这里的人们

个个都从《诗经》里走出来

点燃我的火花

今夜　整个城市

有人专门唱给我

一首万古流芳的恋歌

鹤 壁

我来了
犹如仙鹤着落故地
千年的伾山大佛
鹿台阁
讲述着古老的神秘
我变成清澈的淇河
流进每一个人的心底
我正在拓展
从故乡的戈壁
到这边的麦地

鹤壁的人
个个都是樱花树
见了朋友就开花
我从陶醉中仙鹤般醒来
带着樱花的芳香
飞往天山脚下

灵魂之地

安阳的深度是无底的

我在殷墟上
进入了古老的灵魂内部
一个又一个地经历
史上最早的贝壳图书
贝壳档案
流淌智慧的
三千年的地下管道

你可知道
世界从这里开始
万物在甲骨文里呐喊
我游走在广阔的复活中
历史的重量
汇集于此

不朽之骨沉淀成岩石

创造奇迹

变成红旗渠 源源长流

穿越命运的隧道

流淌在安阳人

中华母亲的血管里

梦回千年

开封　开封
你是一座花园
我是被吸引的蜜蜂

我走进《清明上河图》
走进大宋的辉煌
人气旺盛的热闹世界
使我在古都上空飞翔
到处都是
流动和固定的沉淀
变成灵魂的人们
犹如泉水
从深处涌现

我在《水浒传》的气息中
在宋词的远方
刹那间梦回千年
对骨髓里沸腾的敬畏
撒播在这尊贵的土壤

辑十

刘亚博作品

刘亚博,笔名多浪子,当代诗人,1977年生于河南灵宝。中国诗歌学会会员,河南省诗歌学会副秘书长,河南省诗歌学会新疆创作基地主任,郑州市诗歌学会副会长。1992年开始发表诗歌作品,出版有《汤姆的家园》《西域留痕》等作品集。

时光

点燃了一把火
不是为了照亮前方
而是
为了寻找时光

时光的影子
常常在夜色里光临
有一天
触摸时光的灵魂说
点起火把
这样可以看见它的影子

冬天的炉火

总是这样
在晚饭后的那个时间
在门前菜园的听雨书屋里
我坐在壁炉前
品一口清茶
读一首诗词
想一个朋友

我的诗歌
大多也在这个时候酿出
每当这个时候
壁炉里的火焰都会笑出声来
可能这个时候
它也习惯了我的到来
不是吗
都是老朋友了

炉火

噼里啪啦地燃烧着
窗外的严寒不再可怕
头顶的星空
依然不时地有民航飞机路过
忽然有一丝
我在飞机上的感觉
也许这个世界就是这样
我们常常与自己丢失的灵魂相遇
是的
相逢大多是在孤独的时候
就像在西域的时空里
我常常找到自己的从前

从前
有时候是个梦
有时候是一个错过
但是从前
一直在呼唤着相遇

这种语言
需要感知力的探索
需要灵魂的感应
我和一个遥远的灵魂

夜色里
我用炉火温暖着
来自潮湿世界的心扉
为了迎接灵魂的归来
它需要温暖的房间
和这孤独的炉火

此时此刻
在我和炉火的距离里
我看到了那遥远的地方
那是灵魂行走的大地
那里有灵魂的朋友
和触摸灵魂的记忆

我想是的
燃烧的炉火也说是的
是的
这个寒冷的冬天
总是有些温暖的故事

灵魂之上

这美妙绝伦的遇见
漂洋过海
翻山越岭

来自灵魂之上的会晤
情不自禁
总是这样
让喜悦光芒万丈

我们都是老朋友
只是相遇的时间晚了些
堆积的言语
与阳光下的冰雪一样
在心中融解

无尽的思念
总是被时间阻隔
就这样

品读我们共同的朋友
灵魂深处
一望无际的情歌
闪耀着金子的光芒
直到这个相遇

嗨

就让酒欢迎我们的友谊吧
这珍藏的老酒
它的味道
这是我们的知音

关于这个伟大的遇见
关于艾布和我的朋友们
这是我们的聚会
在灵魂之上

红石榴

友人
让一朵石榴花
盛开在冬天的乌鲁木齐
友好路旁的餐厅里
阳光明媚
石榴花一样的酒杯
石榴花一样的微笑
石榴花一样的友谊
石榴花一样的今天
石榴花一样的明天

我们都是石榴花
盛开在彼此的心田
我们都是红石榴籽
紧紧拥抱
就像那动人的歌舞
快乐的时光里
彼此的微笑

就像永不落幕的太阳
就像永远升起的月光

红石榴
鲜艳的红石榴
闪亮的样子
这是
民族团结的光芒
日月一样的光芒
永远绽放的光芒

眷恋

十月
我路过塔克拉玛干沙漠
我看见了
遗失在大漠腹地的眷恋
这无数个和篝火一样热情的
眷恋
它不时地燃烧起来
炙烤着通往遥远的印迹

没有任何关于我的痕迹
在这片热情的沙漠里

只是在我的眷恋里
有一片　一望无际的沙漠
有一峰　牵着孤独的驼铃

老人与狗

我路过你的时光
暮色里
孤独与孤单之间
你坐在记忆里
和一只忠诚的田园犬
细数着光影

在飘零的风里
记忆的划痕
也许是你最愿意触摸的温度

这是你的画面
这是塔里木先生
送给我的一份礼物
在这个冬天
它
深深地忧伤了我的眼睛

霓裳长歌

在龟兹
有位踏舞的仙子
据说
看到她跳舞的人
一辈子都不会衰老
听到她唱歌的人
一辈子都不会孤单

据说
她的容颜
在沙漠的月光
和绿洲的日光
之间
时隐时现
时现时隐

如果
害怕爱上她

你就要远离龟兹
如果
已经爱上她
那么你要忘记自己

愿望

我有一个美好的愿望
从此不再因奔波而疲惫

我的愿望
把幸福的种子
种在门铃上
从此
访者到来
我就听到了幸福的敲门声
当然
这也是回馈给他的礼物

我不知道
这个愿望能否实现
我只知道
如果幸福的种子能够随便播种
这种消息
对于我来说就是最大的幸福

如果这样

我将带着这个伟大的愿望

走过岁月

并在每个黑夜

酣然入睡

过客

也许
这是一种痕迹
遥远的以后
关于遥远的从前

就像
沉默在风里的言语一样
你的释义
想要跨越这种时间
却显得那么
那么无能为力

2021年的秋天
已经距离今天一百多年了
也许距离今天更久远
这压根不是时间的问题
你完全可以借用
任何无奈的表情来衬托

时光
从来都不会变老
只是故事老了
还有故事里的人老了
而天山脚下的绿洲更葱郁了
而你踏过的那片戈壁滩
它竟然也生机勃勃绿意盎然了

我的好朋友们
我们呢
也许是一场风
也许是一场无人知晓的风
也许
谁的诗句在库都鲁克大峡谷的崖壁上
发芽了

是的
春风里的阳光
无限灿烂

照在大地为每个奉献者
篆刻的石碑上

而过客已去
再无回归
留在风沙里的痕迹
刚刚流淌过
彩虹前的那场阵雨

空气里
泥土的气息浓烈极了

天山依旧挺拔
依然一动不动
而故人
已入故事

闪光的灯塔

在天山之下
仰望一座灯塔
它闪耀着
大地的火光

猎人
擦拭着火枪
我在等待
他击退月光下的狼群

然后
让羊群
也可以在夜色里漫步

穿着皮袄的夏天
确实有点热

惬意
有时就是一丝凉意

时光的影子

和我们的影子一样
时光的影子
它一直在追随着我们
从每个清晨开始
到许多年后的那个黄昏

在编织好
无数个绚丽的梦想之后
没有人发现
这个时光的影子
就像一只勤劳的蜘蛛
用所有忙碌的脚
爬行过这一张张
看似无边无际
却又那么渺小的网

直至那张熄灭的黄昏之后
若隐若现的网

偶尔还有你
若隐若现的影子
爬过

可可托海的海

我看不见
你的大海和所有的蔚蓝
除了蓝色的天空
还有白桦林里的水系
平静得犹如另一片蓝天
在对应的视线里
寻找一尾穿着羽毛的鱼
划过水面
在涟漪中飞翔

这遇见
解读着重逢的符号
在可可托海的岩石上
安静的风
和由鱼进化而来的人
在对视里慢慢解析

没有海洋的可可托海

让一尾人鱼

在陆地上游动

摆动着尾巴

如同在蓝色的大海中

一样自由

致阿克苏

这一天
流淌的多浪河非常平静
安静的涟漪
随着正午的阳光
闪烁着粼粼波光

远方
是脚下的这片土地
热情似火的大地上
站着和我们道别的亲人
他们的样子就像青松一样挺拔
他们的微笑就像金色的胡杨一样
灿烂

是的
要回归故乡了
一种舍不得情怀
在阿克苏城的微风里荡漾

这个时候
西域的情愫渐浓

是谁说
回忆是在离别后
才渐渐开始的
不是的
这个时候
在离别还没有真正开始时
我已深切地感受到
回忆是在握别的这一刻
已经开始点燃
它就像烈酒一样
不知不觉上了头

岁月不会变老的
属于我们的时光会老
但是

属于回忆的片段不会老
回忆里
阿克苏是一个梦
梦里有年轻的我们
和年轻的友谊

三有
——致伟哥

有风

伟哥深深地吸了一口烟
深情地闭目养神了一会儿
就吐出了
一个接一个的
圈圈

他的样子
就像鱼儿在
大海里
吐着泡泡一样
优雅

我对他说
圈圈真好看
他说
有风

有汤

伟哥爱吃包子
等包子的时间里
他习惯抽着烟

一笼热腾腾的包子来了
一根云雾缭绕的烟还没抽完

他左手拿烟
右手拿了一个包子

抽了一口
咬了一口

突然说了一声
咦
有汤

有蜜

午餐时间
菜未上
烟已点

桌上放了一壶茶
乍一看
绿色的叶子
荡漾在玻璃壶中

伟哥
呷了一口
薄荷味
有点怪
他紧锁眉头
感觉来点糖会好点

念头刚起

桌上就转来
一罐蜂蜜
他一看
双眼放光
一脸惊喜
说道
有蜜

花田

阿克苏的棉花开了
大地上
就像铺满了月光

这洁白的月光
从黑夜到白天
从白天到黑夜
都闪耀在花农的心中

辑十一

田万里作品

田万里，男，1963年4月27日出生，河南鹤壁人，大学毕业。中国作家协会会员，河南省诗歌学会副秘书长。1984年开始发表文学作品，其中中短篇小说、散文、散文诗、诗歌、报告文学、文学评论散见于《人民日报》《工人日报》《中国青年报》《河南日报》《山西日报》《中国作家》《诗刊》《北京文学》《十月》《天津文学》《长江文学》《大昆仑》《青海湖》《莽原》《散文选刊》《散文百家》《青年文学家》《星星》《绿洲》《绿风》《今日新疆》《牡丹》《作家天地》等数十家报刊。多次获奖并入选多种诗歌版本，已出版诗集《遥远的城市》《火鸟》。长诗《阿克苏、天山、峡谷、塔村、儿子及其他》2021年11月荣获"中国长诗奖"。

阿克苏、天山、峡谷、塔村、儿子及其他

一

儿子的神态
主要是从天真的眼睛里开始的
神态中的儿子
主要是从稚嫩的童言中体现的
我呢？我在儿子的心里
会是什么样的标准？
失眠，观察，我思考着这一切
不知不觉中，已经刻下了
时间的痕迹

二

一次闪光，让儿子
走在镜头里的一脸好奇
定格在了发现里
塑料袋里的蛋糕、水果

拎在他的小手上
张开的右手抬起又放下
让他学会了"耐心"二字

三

天真的笑
已经盛满白色的手推车
双手捧着蛋糕
儿子抬头问我：
"这是什么呀，爸爸？"

我想了许多、许多
也没有告诉儿子
其实说透了他也不明白
那是我的心
在儿子生命的枝干上栖息

四

我听见儿子的语言
有了拔节的声音
我看见儿子的气息
有了大河的涌动
在他生命的内部
心始终保持着天真的状态
儿子在上面的鼾声
就像天空,把我
耳朵里延伸的
贴在梦的深处
倾听他的脚步悄悄来临

五

我只不过是——
儿子眼里的一声亲切

亲切里的一种表情
表情里的一滴笑声
笑声里的一次呵护
就像是海上冲浪的人
挺立在眼角
拥抱一滴泪

六

我并不在乎什么是别离
别离的时间再长、再长
我的心依然会在
长途电话里奔腾着、奔腾着
涌向儿子

任凭这样的思念，把我
翻阅千遍万遍
没有人能够读懂其中的情感元素

我们今生有缘，父子一场
意味着大爱的山水
多么忠实本能的体现

七

把儿子的照片装在心上
出差时，我再三叮咛自己
迫切的思念无法满足
我的心在山水阻隔中多么饥渴

儿子的笑声响在耳边
脚步声灿烂地
从深处向我跑来
儿子还在踢皮球吗？
所谓的如意金箍棒
在他手上翩翩起舞地弄姿
胜过世上的一切舞蹈

他在梦中向我走来
他在心上喊醒了我：
"爸爸，什么时候回家呀？"
其实，我就在儿子身边
在他的一举一动一言一行之中
从来没有离开过他
他不知道生存或生活的无奈
儿子唯一的心愿
就是想让我这个不称职的父亲
或拥抱一下
或亲吻一下

八

让我心动的沉默
思念的牙齿是多么锐利
让时间莫名其妙的一个单词——可爱
总是在血液里奔腾

儿子在家里,在梦里,在
我的目光里奔向远方
天真无邪的微笑
一生看不够的亲情
红色的棉背心穿在身上
黄色的风雪帽在张望
所谓的父爱,就是儿子眼中
满血复活的这个单词
儿子在这个词意里
仿佛我的童年再现

九

一次又一次
为儿子编写祝福和明天
一次又一次
躬下身来,给儿子当马骑
小心翼翼地移动着

就这样还担心他掉下来
于是,便腾出一只手来
轻轻地扶着他
太阳的光芒在他脸上
月光的皎洁在他眼里
这急促的呼吸里
一声声最美妙的春雷
一次次地
沉默将我的期待抚慰

飞吧,飞吧,我的儿子
爸爸千遍万遍地祝福啊
就是想尽一切办法
把你这只雏鸟放飞到云上去
哪怕狂风暴雨
哪怕冰天雪地

是的,爸爸就像放飞一只雏鸟
让你尽情地飞翔

飞越太行,飞越淇河
飞越天山,飞越沙漠
飞越塔里木盆地
飞越塔克拉玛干沙漠……

儿子的飞翔在我头顶上
那是一颗翱翔的心啊
他已经展开了翅膀
在热烈地飞翔

十

深秋的这个夜里,是梦
走在思念里的脚步声
我情不自禁地问道:
"儿子,这是你吗?"
隐隐约约,仿佛听到了
稚嫩的语言

灿烂的笑靥
莫非就是你小时候
爸爸看得见、摸得着的那个梦吗?
是的,是的
至今想起来
这个梦跟我有很大的关系啊
他是我的心跳
他是我的影子,他是
白天的月亮,让我四处梦游
深夜的太阳,让我备感温暖

十一

好奇是儿子的天性
这种天性始终如一贯彻在
我们的生活之中
遥控车飞快地逃向床下
充电器在儿子眼里
被误认为是最好的手机

刚刚热好的牛奶又凉了
一转眼不见了儿子的踪影
他的衣服是一天一洗
深夜的一个梦，劝他休息时
他还兴奋不已

在家里，我们早已习惯了这一切
完美与残缺
安宁与动态
尽管随时都会发生

——眼看着儿子一天天长大
会心的微笑亦然在我脸上
此乃人生优秀的答卷

十二

小小的身影，可是我的心愿啊

仿佛望眼欲穿的一个北斗
高高在上
呵护有加仿佛童年的影子
于是，幸福一生的情感元素
不断地在增加着、增加着……

面对陌生的世界
儿子的双眼始终是
好奇的询问
无知的黑夜渐渐明亮起来
有知的行为迅速茁壮成长

是的，儿子的降临
让我看到了生命的制高点
皱纹、白发以及苍老的躯体算什么
额头的阴云
其实，早已被阳光代替

对我而言

这个世界所发生的一切事情
都是鸡毛蒜皮
心有所属的诗魂
字里行间布满了爱意

在深夜的一个梦里
似乎凌晨三时
这么晚才回家的我
蹑手蹑脚,走进儿子的梦里
轻轻地亲吻了他一下……

十三

不要儿女情长,不要
从西部城市美丽的阿克苏回家几天
就又想到了他
我常常告诫自己
并责怪时间

思念到底是怎么样的一种感觉？
我时时从儿子的照片上
寻找答案
无论距离是多么遥远
从我的脸颊上、表情里以及
天山脚下的
一触即燃的火苗

此时此刻，书房外的这个深夜
渐渐地变冷
空荡荡的一颗心
在天山脚下飘浮
在塔里木河奔腾
在塔格拉克村游荡
在天山托木尔大峡谷感悟着什么
仿佛陌生的
又仿佛亲切的

儿子啊，一个人寂寞的时候

其实,樱城鹤壁就在你身边
爸爸就在你身边
看似八千里路啊云和月
其实,家很近、很近……

十四

在今夜的深处,我听到了
多浪河畔的涛声以及
荷叶下鱼儿的摆尾声
太短的梦里,是谁在唤我?
星光灿烂的阿克苏
在遥远的天山脚下
发出了温馨的阵阵邀请

在我跋涉那一方水土的时候
心的方位里
冰糖心苹果的甘甜和清香

已经驾驭我的感觉
甚至，每一根头发都是时时刻刻
最为挂念地张望
因为天山已经撑起这样的高度
我的生命似乎正在经历着
白天在笔下
呵护着大片大片的胡杨林
阿克苏、阿瓦提、温宿、库车、沙雅、新和、
　　拜城、乌什以及柯坪的
金色时光
就在我的字里行间
熠熠生辉，闪亮登场
深夜亦然守护着多浪河的每一滴清澈
自从阿克苏归来以后
几乎夜夜都是失眠的目光
失眠的还有天山最高峰
托木尔峰上的第一缕霞光

思念者，梦游大峡谷的一颗心

托木尔大峡谷
神秘大峡谷
柯坪大峡谷
香妃大峡谷以及大湾沟
青春的红沙河、红沙漠
它们日夜在吸引着我
它们时时在呼唤着我

儿子啊,它们都是爸爸最美好的心跳
坚强地支撑起了
这首长诗的每一个音节、每一次节奏

十五

我喜欢亲吻儿子
努起的嘴唇,喜欢
在他的脸上,在
他的手上,在

他的屁股上，在
他的脚丫子上，在
他的秀发上
像旗帜一样扬起的秀发上
彻底敞开了我
完全打开了我

我喜欢亲吻儿子
温情的目光，喜欢
在他蹒跚的脚步里，在
他的笑容里，在
他的气息里，在
他的语言里，在
他的哭泣里
像童言一样无忌的哭泣里
我认识了亲情
我懂得了大爱

我喜欢亲吻儿子

失眠的夜里
我终于接近了这个梦
就像某个瞬间或深处
儿子的声音已经绽放
且已遍布周身

十六

透过儿子的眼睛
是否看得到
我的心在他身上，热烈地跳动
在他心上，向远方张望
黎明是否已经降临？
他的声音从四面八方走来，就像
歌唱血液的音符吮吸春天

我赞美儿子的到来
我歌唱儿子的到来

说到底,我只不过是儿子
心灵深处的一次跳动
亦如大海的涛声绽开了花

就像铺向远方的
一条路从我身上奔腾而去
路边的树
已经张开怀抱和手臂
那是我
一路上在为他欢呼

十七

我的儿子,请别再打扰爱贪睡的小狗熊了
那只不过是一个玩具
若是在爸爸出门的时候
你给一个笑脸
挥挥手或亲吻一下

那就是爸爸享受不尽的
那么，今天这个日子就是
爸爸最充实的

我的儿子，请别再挥舞你的小手了
爸爸的创作灵感
早已被你赶尽杀绝了
天山最高峰托木尔峰在狂风暴雪之中
始终不灭的信念
能挺立起你的脊梁骨吗？
我至今还在期待着、期待着……

将来的幸福在哪里呢？
阿克苏、天山、塔村、大峡谷以及
儿子的笑脸，是否
已经深入我的心里
我们是血脉相通的一家人
这就足以说明
我所承担的事业是多么伟大

健康已经找到了儿子
幸福已经拥有了儿子
儿子是我毕生为之奋斗的
唯一愿望

是的,儿子永远是——
我心灵深处最灿烂的一景

十八

每个清晨
在他睁开眼睛的时候
一系列关于纯真的故事
就开始上演

小汽车怎么不跑了
仔细一看:
"噢,原来是电池没有电了!"

如意金箍棒紧握在手
儿子手搭凉棚
脚尖一点
就像孙悟空似的突然发现：
"大超市就在眼前！"

每个夜晚
在他即将入睡的时候
一床都是游戏的叮当声
一会儿敲鼓
一会儿骑马
与儿子相聚的每时每刻
就连白发都笑出了年轻

梦里又传来他的笑声
是从童谣里飘出来的歌声吗？
儿子张开了翅膀
渴望飞翔
或许这是他的潜力所在

十九

我一想起儿子天真的模样
便知道了小小少年
从小的意志
他的目光,就像托木尔峰傲视着什么
山顶上飞翔的鹰
也让他产生了一定的欲望
鹰的鸣叫,仿佛儿子稚嫩的声音在歌唱:
"我要飞翔!我要飞翔!我要在天山最高峰
　托木尔峰的山顶上,展开小小的翅膀!"
每一天、每一天
儿子仿佛就在天山脚下
与塔克拉玛干沙漠交流
与托木尔大峡谷交流
与塔里木盆地交流
与阿克苏老街交流
与柯坪红沙漠交流
与塔里木河交流

与多浪河交流
与水上栖交流
与胡杨林交流
与塔村交流……

飞翔在湛蓝湛蓝的天空上
飞翔在天山脚下的大草原上
飞翔在天山最高峰上
飞翔在金色的胡杨林
飞翔在大湾沟
不断叩问几亿年前的生态秘境
人类最神秘的向往

我祈盼儿子将来能够成为英雄
但我更希望世界上从来没有英雄
只有我们
只有儿子与我
平平淡淡度过的每一天

二十

在梦里，儿子独自一人离开了我
他去了远方阿克苏
从此，失眠的泪水
已无家可归

深夜里，我仿佛又看到儿子
看见儿子忙碌的身影
看见汗水浸透的微笑
看见一双清澈透明的眼睛
我知道，在那双眼睛的后面
就是我牵挂的远方——阿克苏

投入的写作精神
驱使我不停地奔波
但一想起儿子灿烂的笑容
劳累疲倦便消失殆尽
灵魂深处的思念在呼唤儿子、亲吻儿子

儿子的目光
已从天山脚下伸向了我

天山托木尔峰在他身上挺立起来的
是一种精神
是一种信念
在我即将奔向阿克苏的时候
天上的风儿吹响了我的迫切、周身上下
时而喀什噶尔河,时而克里雅河
时而塔里木河,时而阿克苏河
时而托什干河,时而叶尔羌河
时而渭干河,时而迪那河
时而开都河,时而孔雀河
时而克孜河,时而盖孜河
仿佛一生一世的牵挂
就在天山脚下延伸……

今夜,我倾其所有——
阿克苏已在梦里唤醒了我

二十一

在记忆深处,儿子的声音
始终浸透我的脑海
那些甜美的回忆
已经绽放在眼里
时刻都让我灿烂至极、光芒无限

如今,儿子已经来到天山脚下
看他奔波的工作精神
天山已经留下很深很深的印象
一想起他那汗淋淋的话语
那些日子对于我来说
就是为人之父、太阳不落的好日子

儿子是我今生唯一的誓言
儿子是我不懈奋斗的理由
狂风暴雪又奈我何?
狂风暴雨又能如何?

几句发自心底的爱意
它们的出处
早已诞生在灵感里
茁壮成长在诗句里

天伦之乐降临在打拼里
幸福之源出生在勤奋里
儿子啊,今天看来
你迈出的每一步
都已成为为父人生的风向标

有缘的我们在时间里
便是刻骨铭心的
一段生命历程和永恒

二十二

笑容可掬的小精灵
不知道安稳的小精灵

花朵一般尽情绽放的小精灵
小精灵——我的儿子
一想起你可爱的模样
仿佛我的灵魂沐浴阳光
奔腾的血液，仿佛塔里木河
在那些小时候的玩具上
始终留有你的体温
多少年后，依然是我不会褪色的记忆
生命中顶礼膜拜的太阳
就在儿子生命里运转
犹如天山起伏跌宕的风帆挂满希望
他的目光，更像是写在胡杨林的诗行
这些字字句句，仿佛我的情绪
仿佛深夜里升空的礼花，星星点点……

二十三

天山上的鸟鸣紧紧地牵住了我

塔格拉克河流的清澈夺眶而出
我与天山最高峰托木尔峰对视
我们的生存规则便是生态
不小心踩到了一株花草
儿子急忙扶起了它
我好后悔，大自然与人类的游戏规则
就是相互尊敬、相互平等
在深夜的一角，突然惊醒
哭泣仿佛发自心底的沉默
这种感觉一直责备我
多少年后，一想起这件事
泪水依然让我深深地忏悔……

二十四

仿佛一生都要面对的痛苦
儿子在安抚着
那一株小草流血的伤口

那伤口，仿佛一口井
至今折磨着我的心
这样的记忆是残酷的
残酷和责备
在我身上发生的
沉默会用时间告诉我
不过，随着时间的推移
这样的反应
愈来愈强烈

二十五

在最深的梦里，我看到了天山
天山在我身上奔腾
仿佛血液奔向远方

天山是我剧烈的心跳

惬意之时的深度呼吸

一想起天山，就像拨正的生命时针

左右着我的言谈举止或行为

天山抢先占领了我

塔村果断拥有了我

天山托木尔大峡谷

仿佛精神的守护神

黑夜里的一线光芒

圣洁的马兰花彻底剥夺了我

毫不客气地漫天要价

让我承受所不能承受的

让我付出所不能付出的

二十六

儿子在我期待的目光里

始终是我心中的天山

最爱激动的那一刻是
最想表达的那一句话是

就像阿克苏的星光那么灿烂
就像天山上的流水那么清澈
周而复始
吟诵不断的一首诗
让他有了天山的模样
他的一举一动便是我
最美好的栖息之地

阿克苏胜过我的一切
仿佛又回到多浪河畔
散步,赏水,看景
步步移动之中,跟儿子聊个没完没了
有时一朵荷花
有时一片荷叶
有时一尾鱼儿……
私聊的一些话题,就会凸显出来

中年畅饮天山
神秘的向往
始终停留在大峡谷的境界里
除了儿子天真的模样
生命里便是天山的色彩
就像七色阳光
奔腾在浸透周身的思念里

儿子的到来是我
严寒中生命出现的生机
四肢舒展成了胡杨林
血液绽开了最美的花朵

这是命中注定的缘分
还是精神上追求的足迹
大自然最美的气息来自独库公路
儿子的生命里
很显然也有了这样的色彩

二十七

想儿子的日夜里
脸上挂满天山的感觉
张开了耳朵
倾听远方的塔里木河
青春的红沙漠在掌心
色彩湮没了心情
儿子在心里与我相见
仿佛托木尔峰的表情，很严肃
他的身影
时常出现在天山脚下
他的汗水
犹如响水河沉默地流……

掩饰不住的大爱在这里
十一月的胡杨，仿佛金色时光
冲向云霄的天山托木尔峰
仿佛一声响雷喊醒了中年

从此，一系列尚未燃尽的灵感和激情
便在此绽放……

二十八

我的儿子，我要告诉你——
人生从来都不是什么顺风船
有的人生是智慧的，就像天山那么冷静
平凡之中显现伟大
有的人生是愚昧的，总是躲藏在躯壳里
好像一生下来就怕看见阳光
有的人生是顺利的，就像三河汇合在一起的肖夹克
流着流着，就拥有了一个新的名字——塔里木河
有的人生是曲折的，就像塔里木河
曲曲弯弯
始终贯穿着流域内的胡杨林
有的人生是艰难的，就像戈壁滩上的红柳
几乎都是生长在干涸里

但它们的生长从来没有停止过
由绿变红的枝叶红红的
依然是那么灿烂、那么娇艳
有的人生是颓废的，就像是鲜艳的花朵
看似那么美好
其实都是旺花
到了秋天收获的季节
依然拿不出什么像样的果实

有高度的人，就像天山托木尔峰一样
尽管自己出类拔萃、夺人眼球
但他为人处世总是那么低调
这样的人，乃大境界也
仿佛远山的背影
在别人眼里看来，始终读不懂什么
由此我想到——
低调的人生，并非低调
糊涂之中，总是心如明镜

世俗红尘了如指掌

我的儿子,我要告诉你——
遇到楼梯的拐角,要学会绕道
遭遇黑暗,一定要善于摸索发现
哪怕仅仅只有一线光芒
艰难横在眼前,要创造性地领悟和发挥
用心学习,才是真正的根本
海阔天空,只有在风雨之后
才会有所感受
我的脚步从来没有停止过
也许痛苦是一剂良药
也许烦恼是一时清醒
我的儿子,我要告诉你——
人生从来都不是什么顺风船

二十九

我只是购买了一个小玩具
玩具成了儿子的童趣
从此,天真的疑问不断袭来
让我不知所措

还有儿子的目光
天真无邪的目光
我只是购买了一个小玩具
儿子张开了双臂
犹如小小的翅膀
飞啊飞,飞到了他的归宿地

嫉妒的是窗外的鸟儿
它们不停地啁啾
始终没有引起我的注意

三十

没有什么能夺走儿子的笑容和灿烂
他让我感到了幸福
即使穿越到一望无际的
塔克拉玛干沙漠
我依然走不出这样的梦境

儿子的声音能够让我平静下来
儿子的笑容能够让我尽情绽放
我写给他的这首长诗
在他面前并不算什么
只是寄托了一些想法而已

儿子来到我的梦里
犹如一只雄鹰降临于此
儿子扑入我的期待
犹如翱翔在天空之上

此时，一股巨大的暖流
已经将我淹没……

我的目光从来没有离开过儿子
就像没有离开过天山一样
如此温柔，如此甜蜜
即使跨过塔克拉玛干沙漠，跨过
神秘的塔里木河，跨过
巧夺天工的天山托木尔大峡谷
他依然栖息在我的梦里

三十一

儿子的笑容是甜美的，那笑声里
放飞亲情的感觉依然是甜美的
生命里不断成熟的渴望是甜美的
儿子在天山的映衬下显得那么庄重

这些酸甜苦辣的汉字,此时
已将遥远的阿克苏涂上了亮丽的色彩

儿子的气息日夜陪伴着我,那气息里
有他伫立天山脚下的沉思和眺望
此时的他,已经穿过寂静的我
分手以后的时光里,思念依然是甜美的
塔克拉玛干沙漠仿佛时间的液体,仿佛天空一般
蓝天白云的慰藉,让托木尔峰的千年冰川
化作了我的思念,我的泪水
并脱落成阿克苏明亮而青春的一段往事